FABULA

52

DELLO STESSO AUTORE:

A ciascuno il suo
Alfabeto pirandelliano
Candido
Il cavaliere e la morte
Il Consiglio d'Egitto
1912 + 1
Nero su nero
Occhio di capra
Porte aperte
Una storia semplice

LEONARDO SCIASCIA

Le parrocchie di Regalpetra

ADELPHI EDIZIONI

ISBN 88-459-0840-2

INDICE

PREFAZIONE*

Nel 1954, sul finire dell'anno scolastico, mentre compilavo quell'atto di ufficio che è, nel registro di classe, la cronaca (appena una colonna per tutto un mese: ed è, come tutti gli atti di ufficio, un banale resoconto improntato al *tutto va bene*), mi venne l'idea di scrivere una più vera cronaca dell'anno di scuola che stava per finire. E la scrissi in pochi giorni, e qualche pagina a scuola, mentre i ragazzi disegnavano o risolvevano qualche esercizio di aritmetica. Avevo una quinta, e di ragazzi che mi portavo dietro fin dalla seconda: molto affezionati, dunque; e io a loro. Mi capita, quando vado al mio paese, di incontrarne qualcuno: hanno già fatto il soldato, c'è chi si è sposato; ma i più sono emigrati, vengono soltanto a Natale o nell'estate. Uno mi ha scritto dal Canada, che aveva letto un mio libro.

Nell'autunno, portai il manoscritto a Calvino. Lo

* Questa Prefazione fu scritta da Sciascia in occasione della ristampa delle *Parrocchie di Regalpetra* nella collana Universale Laterza insieme a *Morte dell'Inquisitore*. È qui riprodotta per la parte che riguarda *Le parrocchie di Regalpetra*.

lesse, gli piacque; ma troppo breve per farne un «gettone», e lo passò alla rivista «Nuovi Argomenti». Nel numero 12, gennaio-febbraio 1955, le *Cronache scolastiche* furono pubblicate. Trovandomi a Bari quando appena il numero di «Nuovi Argomenti» era uscito, Vito Laterza mi chiese di scrivere tutto un libro sulla vita di un paese siciliano. Tommaso e Vittore Fiore mi incoraggiarono a provarmici. Qualche mese dopo, mandai a Vito Laterza alcune pagine. Me le restituì con buoni consigli. E così, prima che l'anno finisse, il libro era pronto. Mancava il titolo: e lo trovò, molto felicemente, l'editore.

Questa, in breve, la storia delle *Parrocchie di Regalpetra*. Debbo aggiungere che il nome del paese, Regalpetra, contiene due ragioni: la prima, che nelle antiche carte Racalmuto (cui in parte le cronache del libro si riferiscono) è segnata come Regalmuto; la seconda, che volevo in qualche modo rendere omaggio a Nino Savarese, autore dei *Fatti di Petra*. Di questa seconda ragione molti, forse, si meraviglieranno: ma a parte l'affezione che ho sempre avuto per l'opera di Savarese, e specialmente là dove tocca i miti e le storie della terra siciliana, debbo confessare che proprio sugli scrittori «rondisti» – Savarese, Cecchi, Barilli – ho imparato a scrivere. E per quanto i miei intendimenti siano maturati in tutt'altra direzione, anche intimamente restano in me tracce di un tale esercizio. E appunto parlando delle *Parrocchie*, Pasolini acutamente notava che «la ricerca documentaria e addirittura la denuncia si concretano in forme ipotattiche, sia pure semplici e lucide: forme che non soltanto ordinano il conoscibile razionalmente (e fino a questo punto la richiesta marxista del nazionale-popolare è osservata) ma anche squisitamente: sopravvivendo in tale saggismo il tipo stilistico della prosa d'arte, del capitolo». Il che, forse a maggior ragione, si potrebbe ripetere per un libro come *Il consiglio d'Egitto*. Tengo però a dichiarare che avendo cominciato a pubblicare dopo i trent'anni, cioè dopo aver scontato in privato tutti i possibili latinucci che si imponevano a quelli della mia generazione, da allora non ho mai avuto problemi di espressione, di forma, se non subordinati all'esigenza di ordinare razionalmente il conosciuto più che il conoscibile e di documentare e raccontare con buona tecnica (per cui, ad esempio, mi importa più seguire l'evoluzione del romanzo poliziesco che il corso delle teorie estetiche).

È stato detto che nelle *Parrocchie di Regalpetra* sono contenuti tutti i temi che ho poi, in altri libri, variamente svolto. E l'ho detto anch'io. In questo senso, quel critico che dalle *Parrocchie* cavò il giudizio che io fossi uno di quegli autori che scrivono un solo libro e poi tacciono (e se non tacciono peggio per loro) aveva ragione (ma aveva torto, e sbagliava di grosso, nel non vedere che c'era nel libro un certo retroterra culturale che, anche in mancanza d'altro, sarebbe bastato a farmi scrivere altri libri). Tutti i miei libri in effetti ne fanno uno. Un libro sulla Sicilia che tocca i punti dolenti del passato e del presente e che viene ad articolarsi come la storia di una continua sconfitta della ragione e di coloro che nella sconfitta furono personalmente travolti e annientati.

1967 LEONARDO SCIASCIA

LE PARROCCHIE DI REGALPETRA

C'è gente cui piace «mettere fuori la bandiera rossa al pianterreno e poi salire sopra per vedere che effetto fa», così diceva di sé Edward Carpenter; Carpenter metteva la bandiera rossa al pianterreno e poi prendeva l'ascensore per andarsene in terrazza, le stelle l'armonia lo spirito, non credo che la bandiera rossa gli facesse poi tanto effetto.

Con queste pagine non metto una bandiera rossa al pianterreno: non saprei goderne l'effetto dalla terrazza; né, restando al pianterreno, potrei salutarla con fede. Credo nella ragione umana, e nella libertà e nella giustizia che dalla ragione scaturiscono; ma pare che in Italia basta ci si affacci a parlare il linguaggio della ragione per essere accusati di mettere la bandiera rossa alla finestra. *As you like.* Nelle pagine che seguono ho ricordato la dura signoria dei del Carretto su un povero paese della Sicilia, qui mi vien fatto di ricordare quel ministro di polizia dello stesso nome che nelle prigioni del Regno delle Due Sicilie cacciò gli uomini che allora parlavano il linguaggio della ragione; il ministro del Carretto pare sia destinato a restare come familiare fantasima nella storia d'Italia, diciamo – Mazzini Garibaldi Pisacane, Risorgimento Resistenza Repubblica – e l'ombra del ministro del Carretto intanto si muove come uno spettro di famiglia in un castello di Scozia.

Ho tentato di raccontare qualcosa della vita di un paese che amo, e spero di aver dato il senso di quanto lontana sia questa vita dalla libertà e dalla giustizia, cioè dalla ragione. La povera gente di questo paese ha una gran fede nella scrittura, dice – basta un colpo di penna – come dicesse – un colpo di spada – e crede che un colpo vibratile ed esatto della penna basti a ristabilire un diritto, a fugare l'ingiustizia e il sopruso. Paolo Luigi Courier, vignaiuolo della Turenna e membro della Legion d'onore, sapeva dare colpi di penna che erano come colpi di spada; mi piacerebbe avere il polso di Paolo Luigi per dare qualche buon colpo di penna: una «petizione alle due Camere» per i salinari di Regalpetra per i braccianti per i vecchi senza pensione per i bambini che vanno a servizio. Certo, un po' di fede nelle cose scritte ce l'ho anch'io come la povera gente di Regalpetra: e questa è la sola giustificazione che avanzo per queste pagine.

Regalpetra, si capisce, non esiste: «ogni riferimento a fatti accaduti e a persone esistenti è puramente casuale». Esistono in Sicilia tanti paesi che a Regalpetra somigliano; ma Regalpetra non esiste. Esistono a Racalmuto, un paese che nella mia immaginazione confina con Regalpetra, i salinari; in tutta la Sicilia ci sono braccianti che campano 365 giorni, un lungo anno di pioggia e di sole, con 60.000 lire; ci sono bambini che vanno a servizio, vecchi che muoiono di fame, persone che lasciano come unico segno del loro passaggio sulla terra – diceva Brancati – un'affossatura nella poltrona di un circolo. La Sicilia è ancora una terra amara. Si fanno strade e case, anche Regalpetra conosce l'asfalto e le nuove case, ma in fondo la situazione dell'uomo non si può dire molto diversa da quella che era nell'anno in cui Filippo II firmava un privilegio che dava titolo di conti ai del Carretto e Regalpetra elevava a contea.

Giorni addietro un mio parente mi diceva – ho saputo che hai scritto delle castronerie sui ragazzi che vanno a servizio, davvero castronerie sono, io sto cercando per terra e per mare un ragazzo per i servizi di casa, manco a pagarlo a peso d'oro lo trovi. Dico – bene, è segno che si sta meglio. Bestemmiando mi investe – bene un c...; io non posso trovare un ragazzo e tu mi dici bene, capisci che senza un ragazzo non posso andare in campagna?; e poi non credere che sia impossibile trovarlo perché ora si sta meglio; meglio un c... si sta; è che non vogliono venire a servizio per orgoglio, si contentano morire di fame. Involontariamente dico ancora – bene. Per fortuna non sente, continua – sai che mi disse una mamma che voleva allogare il figlio da me?, mi disse che era delicato e almeno un uovo al giorno avrei dovuto dargli; così sono fatti oggi i poveri, e tu scrivi...

Questo c'è di nuovo: l'orgoglio; e l'orgoglio maschera la miseria, le ragazze figlie di braccianti e di salinari passeggiano la domenica vestite da non sfigurare accanto alle figlie dei galantuomini, e i galantuomini commentano – guardate come vestono, il pane di bocca si levano per vestire così –; e io penso – bene, questo è forse un principio, comunque si cominci l'importante è cominciare. Ma è un greve cominciare, è come se la meridiana della Matrice segnasse un'ora del 13 luglio 1789, domani passerà sulla meridiana l'ombra della Rivoluzione francese, poi Napoleone il Risorgimento la rivoluzione russa la Resistenza, chissà quando la meridiana segnerà l'ora di *oggi*, quella che è per tanti altri uomini nel mondo l'ora giusta.

LA STORIA DI REGALPETRA

Nella chiesa del Carmine c'è un massiccio sarcofago di granito, due pantere rincagnate che lo sostengono. Vi riposa «l'Ill.mo don Girolamo del Carretto, conte di questa terra di Regalpetra, che morì ucciso da un servo a casa sua, il 6 maggio 1622».

Se ne parlava tempo addietro col parroco del Carmine. Mi piacerebbe vedere com'è, dicono sia stato imbalsamato – disse il veterinario comunale. Un'idea folgorò il parroco. Disse – farò aprire il sarcofago, chi vuole vedere il conte pagherà cinquanta lire, la mia chiesa ha bisogno di tante cose.

Invece ha avuto venti milioni dal governo per restaurare la chiesa, buttarla giù e rifarla più brutta; ha dovuto far rimuovere il sarcofago: e i regalpetresi hanno visto gratis l'Ill.mo don Girolamo del Carretto. Non tutti: perché il parroco subito si scocciò del pellegrinaggio tumultuoso, non c'era sugo, chiuse le porte della chiesa.

Girolamo, secondo di questo nome nella famiglia dei conti di Regalpetra, è vestito alla spagnola: mantelletto di broccato di seta, giubbetto verde a rabeschi d'argento, calzoni sbuffati al ginocchio; senza calze, senza scarpe; alto quanto un eroe del West, il volto quadrato in cui il naso piccolo e le labbra spiacevolmente sottili mettono una nota di gelida perfidia, le mani fini leggermente artigliate, le unghie perfette. L'imbalsamatore sapeva il suo mestiere. Vicino alla mano sinistra ha un teschio della grandezza di un'arancia, di un bambino di pochi mesi; tra le gambe un altro teschio poco più grande, di un suo bambino che le cronache dicono morì incornato da una capra, alla quale per giuoco si era avvicinato.

Evidentemente, nel corso di tre secoli, c'è stato qualche parroco che ha avuto un'idea di più immediato profitto sull'Ill.mo don Girolamo del Carretto. Un ricercatore di memorie locali ci certifica di uno spadino con impugnatura d'oro, di bottoni ricavati da pesanti monete d'oro, pure d'oro l'astuccio che racchiudeva una pergamena. Non ci costa sforzo immaginare la scena: non meno di quattro persone di casa, fidatissime, avranno con pali sollevato il coperchio; il sagrestano con la lampada in mano e un po' di tremito addosso, e il prete a lavorare di coltello per far saltare i bottoni, a sfilare lo spadino, a togliere le scarpe a quel morto che doveva apparire terribile nella luce vacillante. Per darsi coraggio uno della compagnia avrà preso il teschio del bambino in mano, e poi in fretta posato tra le gambe del conte. Ci sarà stata poi una gran bevuta, il miglior vino delle terre del Carmine.

Il conte stava affacciato al balcone alto tra le due torri guardando le povere case ammucchiate ai piedi del castello, quando il servo Antonio Di Vita «facendoglisi da presso, l'assassinò con un colpo d'arma da fuoco». Era un sicario, un servo che si vendicava; o il suo gesto scaturiva da una più segreta e appena sospettata vicenda? Donna Beatrice, vedova del conte, perdonò al servo Di Vita, e lo nascose, affermando con più che cristiano buonsenso che «la morte del servo non ritorna in vita il padrone». Comunque, la sera di quel 6 maggio 1622, i regalpetresi certo *mangiarono con la salvietta*, come i contadini dicono per esprimere solenne soddisfazione; appunto in casi come questi lo dicono, quando violenta morte rovescia il loro nemico, o l'usuraio, o l'uomo investito di ingiusta autorità.

Della voracità di don Girolamo del Carretto una anonima memoria testimonia – «Oltre alle numerose tasse e donativi e imposizioni feudali, che gravavano sui poveri vassalli di Regalpetra, i suoi signori erano soliti esigere, sin dal secolo XV, due tasse dette del *terraggio* e del *terraggiolo* dagli abitanti delle campagne e dai borgesi. Questi balzelli i del Carretto solevano esigere non solo da coloro che seminavano terre nel loro stato, benché le possedessero come enfiteuti, e ne pagassero l'annuale censo, ma anche da coloro che coltivassero terre non appartenenti alla contea, ma che avessero loro abitazioni in Regalpetra. Ne avveniva dunque, che questi ultimi dovevano pagare il censo, il terraggio e il terraggiolo a quel signore a cui s'appartenevano le terre, ed inoltre il terraggio ed il terraggiolo ai signori del nostro comune... Già i borgesi di Regalpetra, forti nei loro diritti, avevano intentata una lite contro quel signore feudale, per ottenere l'abolizione delle tasse arbitrarie. Il conte si adoperò presso alcuni di essi, e finalmente si venne all'accordo, che i vassalli di Regalpetra dovevano pagargli scudi trentaquattromila, e sarebbero stati in perpetuo liberi da quei balzelli. Per autorizzazione del Regio Tribunale, si riunirono allora in consiglio i borgesi di Regalpetra, con facoltà di imporre al paese tutte le tasse necessarie alla prelevazione di quella ingente somma. Le tasse furono imposte, e ogni cosa andava per la buona via. Ma, allorché i regalpetresi credevano redenta, *pretio sanguinis*, la loro libertà, ecco don Girolamo del Carretto getta nella bilancia la spada di Brenno... e trasgredendo ogni accordo, calpestando ogni promessa e giuramento, continua ad esigere il terraggio e il terraggiolo, e s'impadronisce inoltre di quelle nuove tasse».

Ammazzato, da due sicari del barone di Sommatino, morì anche il padre di Girolamo, uomo anch'esso vendicativo ed avido. Il primo Girolamo fu invece, ad opinione del Di Giovanni, uomo di grandi meriti. Per lui Filippo II datava dall'Escuriale di San Lorenzo, il 27 giugno del 1576, un privilegio che elevava Regalpetra a contea. Ma sui meriti di Girolamo primo non sappiamo molto: fu pretore di Palermo, e non credo dovuta a «bizzarra opinione seu presunzione», come invece afferma il Paruta, la sollevazione dei palermitani contro la sua autorità. Né mi pare sia da ascrivere a sua gloria il fatto che per suo ordine, il giorno sedici del mese di marzo dell'anno milleseicento, trentasette facchini abbiano subita la pena della frusta: notizia che senza commento offre il già ricordato erudito regalpetrese.

Nell'anno 998 dell'era cristiana il governatore arabo di Regalpetra scriveva all'emiro di Palermo «ho numerato tutti ed ho trovato esservi 446 uomini, 655 donne, 492 figliuoli e 502 figliuole». Sotto la signoria di Girolamo primo del Carretto il numero degli abitanti era di quattromilaquattrocentoquarantasette. Ma sotto il secondo Girolamo, a causa del terraggio e del terraggiolo e di tutti gli altri balzelli, la popolazione notevolmente diminuisce – «i regalpetresi lasciavano il paese per affidarsi a un più umano signore».

Le tasse tirannicamente raddoppiate, tali rimasero sino al 1783; anno in cui i borgesi di Regalpetra avanzarono supplica al Segretario Regio, e questi si degnò accordare una riduzione. Immunità fiscale godettero sempre i preti: e Regalpetra particolarmente ne abbondava, un documento del secolo XVIII dice di ottanta preti su una popolazione di circa cinquemila. In proporzione oggi dovrebbero qui prosperare circa duecento preti, piacerebbe al pittore Nino Caffè una fantasia di duecento cappelli di prete in una di queste vuote sale della badìa, a chi so io piacerebbe un sogno impastato così.

L'avesse scampata dal servo Di Vita, don Girolamo del Carretto forse non l'avrebbe fatta franca con la peste bubbonica che due anni dopo come «vecchio soldato, pieno di mille stratagemmi» – scrive un medico regalpetrese che fu celebre nelle Due Sicilie e nelle Spagne – «giunse a Regalpetra mia patria, e nella terra di Grotte, né si rivelò finché morirono a cento al giorno». Sensibile alla fatalità di certi nomi, non voglio trascurare il fatto che la peste sbarcò a Trapani dal vascello *Redenzione*, proveniente da Tunisi: immagino che anche qualche teologo, figuriamoci se nel Seicento un predicatore si lasciava scappare un fatto simile, abbia fatto caso al nome del vascello. E questa era la terza memorabile *redenzione* di Regalpetra: desolata da una peste la trovarono gli arabi, e perciò nella loro lingua la chiamarono «villaggio morto»; e nel 1355, dopo un'orrida invasione di cavallette, la peste esplose con tale violenza che deserto fece il paese, e i pochi scampati ricostruirono più a monte, lasciando vuote e morte, in una contrada ricca d'alberi e d'acque che gli arabi predilessero, le loro vecchie case. Nel 1624 una metà della popolazione di Regalpetra fu falciata dalla peste. Il celebre medico regalpetrese, che non era disposto a prendersela con le stelle, ne indaga, in opere che allora corsero famose, le origini e gli sviluppi, discorre intorno alla preservazione dal morbo e ai rimedi, dà consigli politici e igienici all'Illustrissimo Senato palermitano, con tanto acume e buon senso dà consigli che ci sorprende la sua insistenza, quasi una fissazione, sulla responsabilità dei preti nella diffusione del morbo – «Il confessore sia ottimo religioso e zelante del ben comune, di vita esemplare, e ben conosciuta alla sua repubblica, per non lasciarsi corrompere dal maledetto interesse; poiché noi abbiamo provato, che nei tempi di peste, fu maggior danno causato dai mali religiosi, che dalla peste stessa».

Nel 1645 della peste restava un ricordo di *castigo* e di *redenzione*: Regalpetra contava case milleduecentotrentasei ed abitanti cinquemilacentosei. Il terzo Girolamo, che era andato a cacciarsi in una congiura contro la sovranità di don Filippo IV, grazie ad un servo di nome Mercurio e al gesuita padre Spucces cui il servo svelava la trama, moriva giustiziato a Palermo, in buona compagnia di nobili e di giureconsulti; il figlio, quarto dello stesso nome, veniva investito della signoria di Regalpetra il 15 agosto 1654; fu maestro di campo in guerra e gentiluomo di camera di Carlo II. Con lui si estingueva la famiglia, l'investitura passava ai marchesi di Sant'Elia, ancor oggi i borgesi di Regalpetra pagano il censo agli eredi dei Sant'Elia: ma certo che fu grande riforma quella che i Sant'Elia fecero centocinquanta anni addietro, divisero il feudo in lotti, stabilirono un censo non gravoso, la piccola proprietà nacque, litigiosa e feroce; una lite per confini o trazzere fa presto a passare dal perito catastale a quello balistico, i borgesi hanno fame di terra come di pane, ciascuno tenta di mangiare la terra del vicino, come una talpa va rodendo i confini, impercettibilmente ogni anno li sposta: finché la contesa civile non scoppia, e spesso si rovescia nel penale. Per un albero che veniva su dal limite di due proprietà c'è stata una vicenda giudiziaria che si è trascinata per quarant'anni, quello che aveva più fiato la vinse quando dell'albero non restava che un tronco scheggiato.

Nel 1819, in un *Dizionario geografico, statistico e biografico della Sicilia* stampato a Palermo, Regalpetra è considerata ex feudo: la *riforma* dei Sant'Elia era già stata attuata, ma buona parte del territorio era in mano dei preti, il regio commissario Venturelli, mandato qualche anno avanti a vedere perché tanto si agitassero i borgesi di Regalpetra con suppliche e ricorsi, non poteva fare a meno di notare che «a chiare note si vede d'essere aggravati i borgesi e i bracciali [*braccianti*] in maggiori somme dei gentiluomini; e i preti e li manimorte affatto non sono compresi nella tassa d'ogni anno, perché credono d'essere esenti, quando mi si è rapportato, che la maggior parte dei fondi cospicui del territorio si posseggono dall'anzidette manimorte e da preti, i quali sono quelli che fanno tutto il traffico ed il gran negozio dello stato», e tant'altre cose scriveva che dubito abbia oggi il coraggio di scrivere, ad esempio, un commissario mandato a investigare sull'applicazione dei contributi unificati, sicché la stima per il governo borbonico in me va crescendo e di tanto in tanto mi capita di leggere documenti che mi lasciano amaro nella considerazione dell'onestà e libertà che i funzionari di quel governo possedevano. Da bambino conobbi un canonico, vecchissimo e quasi orbo, che ancora godeva grande rispetto per la risposta che aveva dato ad un colonnello sabaudo; il colonnello comandava un reggimento di cavalleria che faceva campeggio nelle terre del canonico, il canonico chiese gli risarcissero i danni, il colonnello rispose che i cavalli lo avevano risarcito concimandogli le terre, e il canonico – buona a sapersi, questa; i Borboni pagavano con l'oro, ma i Savoia pagano con la merda. La frase i vecchi la ripetevano, rimpianto avevano per quel governo che pagava con l'oro, non chiamava le leve, non faceva guerre; ma poi il nome di Garibaldi bastava a spegnere il luccichìo dell'oro dei Borboni, la guerra diventava travolgente musica dentro di loro; quel che i vecchi non ricordavano era che il governo borbonico aveva funzionari onesti, può darsi non fossero tutti onesti, ma qualcuno c'era.

Ecco il rapporto di un altro funzionario al Tribunale della Real Corte sui «soprusi praticati dal sacerdote Giuseppe Savatteri, verso i poverelli» – «Avendo questo sacerdote il maneggio della contribuzione della terza parte delle sementi, compensava questa porzione con certi suoi crediti passati, senza che li poverelli avessero potuto avere la semenza necessaria per seminare. Inoltre, siccome certuni prendevano da altri le semenze necessarie per le loro terre, egli per il credito asserto del terraggiolo, ha obbligato i borgesi a portare in sua casa buona parte di semenza necessaria per dette terre, per compensare il preteso terraggiolo degli anni scorsi. Dacciò restando le terre inseminate, venivano attrassate nell'esigenza del venturo ricolto, ed egli pignorava non solo gli strumenti necessari per il proprio mantenimento, ma anche le vesti d'addosso, le coverture, le tavole dell'istesso letto, manti, mantelline e sino le coppoline dei bambini». Il bello è che dopo questo rapporto il Tribunale della Real Corte ordinava al giudice criminale di Regalpetra «di far restituire ai borgesi tutti gli oggetti che il sacerdote Savatteri aveva ad essi pignorati», forse i lettori non lo crederanno, ma la cosa è andata davvero così. Ed ecco, di quegli anni, un ordine del signor Vagginelli, regio delegato in Palermo, al magistrato Sileci di Girgenti – che non facesse esigere a Regalpetra la tassa sul terraggiolo, per essere pendenti molte liti per l'abolizione; che fosse evitata coercizione alcuna agli abitanti del Comune, sino al prossimo raccolto, per cause di semenze, terraggi, censi di proprietà ed altre simili; che i soli benestanti fossero obbligati a pagare i dazi di «baglia, inchiusa ossia gabella del grano, del mosto, gabella d'orti e giardini, zagato, fondaco, olio, merci, dogana, bocceria e congeria». Sembra di sognare: che tra don Girolamo secondo e il commendator Aristide Laurìa, oggi felicemente regnante sui contributi unificati dei regalpetresi, ci sia stato un tempo in cui uomini come i signori Venturelli e Vagginelli si siano preoccupati dei fatti di questo paese con così aperto sentimento di giustizia, pare davvero incredibile; il borgese di Regalpetra mai riuscirebbe a crederlo. Quel che oggi succede con i contributi unificati è degno degli anni di Girolamo secondo, e dunque il regalpetrese pensa che è suo pianeta che tasse e balzelli debbano qui accanirsi, da secoli la stessa storia. Sulle carte del catasto gli agenti dei contributi unificati vedono doppio, il territorio del Comune, che è di circa settemila ettari, diventa doppio per misteriosa operazione, chi ha una salma di terra implacabilmente si trova a pagare per due. Il solo nome del commendator Laurìa, a pronunziarlo, suscita nei piccoli proprietari febbricose visioni; quel piccolo uomo se ne sta tranquillo dietro una scrivania, i reclami gli volteggiano intorno come farfalle, reclami spediti da cinque da dieci anni, con lettere raccomandate sollecitati; mai che il commendatore alzi la mano ad acchiapparne uno, li guarda deliziosamente vorticare, viene uno spiffero d'aria e i reclami volano via – «Il reclamo di cui fate cenno nella Vs del... non può essere preso in considerazione perché non pervenuto nei termini stabiliti»; oppure – «perché non corredato dell'estratto catastale storico». Di fronte alla richiesta di un estratto catastale *storico* la devozione alla Madonna, professata dai regalpetresi anche con una sopratassa sui generi alimentari, crolla di colpo: un barocco di bestemmie esplode nell'aria, auguri di un sollecito canchero, di una subitanea botta di sangue, di una schioppettata ben data, di un improvviso crollo di pavimenti e soffitti volano verso l'ufficio da cui la lettera proviene; senza contare gli attributi che a tre a tre sbocciando, come le vecchie rettoriche raccomandavano, toccano a mogli sorelle e figlie in età da marito di tutti quelli che mangiano pane lavorando in quell'ufficio. Il commendatore, uomo notoriamente pio, diventa una figura diabolica, galleggia nella fantasia dei piccoli proprietari con sberleffi e cachinni, di notte li sveglia sussurrando la cifra da pagare all'esattore, suggerisce l'immagine del sequestro, l'annata di grano e mandorle divorata dai contributi... Dal commendatore l'incubo sale al prefetto, al presidente della regione, al presidente del consiglio; lo Stato ghigna sordo e lontano.

Ci vuole la carabina – dice il borgese, ed è un cattivo pensiero. Meglio sperare che i signori Venturelli e Vagginelli giungano come convitati di pietra al villino sul mare del commendatore Aristide Laurìa.

Il citato *Dizionario geografico* del 1819 dice di Regalpetra – « Popolazione 7.360. Distante 16 miglia dal mar africano, e 68 da Palermo. Esporta grano, vino, e zolfo, perché ha delle solfatare ne' suoi contorni; abbonda di solfato di calce ossia gesso bellissimo, e vi si rinviene pure del salgemma ». Di zolfare e saline si dice nei privilegi reali relativi a Regalpetra, dal secolo XIV in poi: ma l'epoca d'oro delle zolfare è certo quella dell'Ottocento, quando gente nuova cominciò a tarlare le terre aride dell'altopiano, borgesi che sotto la terra stenta che coltivavano sentirono gialle vene di ricchezza improvvisamente splendere, di uno si racconta che nell'ozio di un meriggio vide lo zolfo affiorare da un formicaio, diventò ricco; e se qualcuno sbagliava, bucava a vuoto e si impegnava fino ai capelli, non pochi erano quelli che fondavano grandi fortune, e la catena d'oro che segnava due curve sul gilè di fustagno diventava l'emblema della ricchezza nuova. Per le zolfare che ovunque fiorivano, l'aria di Regalpetra prendeva un che di acre, bruniva l'argento che veniva ad ornare le case dei nuovi ricchi, persino negli abiti l'acre odore dello zolfo bruciato stingeva. Le colline che a nord chiudono il paese, l'altopiano che ad ovest comincia come una mezzaluna, assumevano un fossile tono rossastro, nei campi vicino alle zolfare le spighe non granivano per il fiato dei calcheroni. L'ingegnere francese Gill, inventore di un nuovo tipo di forno per la combustione dello zolfo, batteva la zona; oggi gli zolfatari dicono – forno gill – non sanno che questo nome era per i loro nonni un uomo simpatico, con una bella barba, alla mano, ho conosciuto un vecchio che se ne ricordava, ricordava l'ingegnere Gill che si preparava il brodo con gli estratti, lo zolfataro ricordava questa magica operazione, con un cucchiaino di mastice – diceva – otteneva il brodo. Non capitava spesso agli zolfatari di conoscere uomini di comando così alla mano. «Pròvati, pròvati a scendere per i dirupi di quelle scale,» – scrive un regalpetrese – «visita quegli immensi vuoti, quei dedalei andirivieni, fangosi, esuberanti di pestifere esalazioni, illuminati tetramente dalle fuligginose fiamme delle candele ad olio: caldo afoso, opprimente, bestemmie, un rimbombare di colpi di piccone, riprodotto dagli echi, dappertutto uomini nudi, stillanti sudore, uomini che respirano affannosamente, giovani stanchi, che si trascinano a stento per le lubriche scale, giovinetti, quasi fanciulli, a cui più si converrebbero e giocattoli, e baci, e tenere materne carezze, che prestano l'esile organismo all'ingrato lavoro per accrescere poi il numero dei miseri deformi». E quando dalla notte della zolfara i picconieri e i *carusi* ascendevano all'incredibile giorno della domenica, le case nel sole o la pioggia che batteva sui tetti, non potevano che rifiutarlo, cercare nel vino un diverso modo di sprofondare nella notte, senza pensiero, senza sentimento del mondo.

A far cessare il lavoro dei ragazzi nelle zolfare venne, ma pochi anni addietro, e meglio delle leggi, l'energia elettrica; ma il momento buono era già passato, delle tante zolfare a Regalpetra ne restava una sola in attività, quella di Gìbili dove ancora lavorano un centinaio di picconieri. Le altre rimasero abbandonate nelle campagne, vi trovano sicuro rifugio i latitanti.

Passarono i garibaldini da Regalpetra, misero un uomo contro il muro di una chiesa e lo fucilarono, un povero ladro di campagna fucilato contro il muro della chiesa di San Francesco; se ne ricordava il nonno di un mio amico, aveva otto anni quando i garibaldini passarono, i cavalli li avevano lasciati nella piazza del castello, il tempo di fucilare quell'uomo e via, l'ufficiale era biondo come un tedesco. *Carusi* e picconieri continuarono a lavorare nell'inferno della zolfara per dodici quattordici ore al giorno, le terre non rendevano e i braccianti lavoravano tutto l'anno solo per pagare il debito del grano che i padroni avaramente anticipavano, la leva toglieva alle famiglie braccia per il lavoro; ci furono padri che ai figli diedero colpi d'accetta a un piede per farli riformare alla leva, ho sentito raccontare da un vecchio contadino che, quando per lui venne il momento di presentarsi alla leva, di notte sentì suo padre chiedere consiglio a sua madre – che dici? gli cavo un occhio o gli faccio saltare le dita di un piede? – e la notte stessa scappò di casa, non ritornò che per farsi prendere alla leva. Perciò nel 66 i regalpetresi fecero rivolta, bruciarono il municipio, le maledette carte bruciarono nel vecchio convento dove si erano trasferiti gli uffici comunali; e vennero soldati piemontesi, portarono via gli uomini che avevano fatta la rivolta, la leva continuò. Ma i galantuomini con il nuovo governo ci stavano, i produttori e i gabellotti delle zolfare, i borgesi fatti ricchi dal furto dall'usura dagli atti falsi (è incredibile quanta proprietà a Regalpetra è passata da una mano all'altra con falsi atti di vendita o testamentari); ma ci stavano anche signori che il popolo rispettava per la loro onestà e gentilezza, si era perduto il ricordo del modo come la loro ricchezza era stata edificata, il ricordo di uomini duri e avidi da cui discendevano gli uomini eleganti e svagati, gentili generosi pieni di luminosi pensieri, che parlavano dell'Italia e della libertà. Qui ancora qualche famiglia viene indicata come borbonica, ma da atti e testimonianze risulta che quelle famiglie indicate come borboniche hanno avuto, anche prima del 60, mazziniani e liberali, uomini che rischiarono la galera o ci cascarono, che pubblicarono opuscoli, che con libertà e disinteresse servirono la causa dell'unità d'Italia: e fino al fascismo, che non servirono, queste famiglie tennero fede alla loro tradizione. Perciò mi chiedo com'è possibile che così le posizioni si siano rovesciate, e la risposta mi viene da quello che io ho visto quando il fascismo è crollato, i fascisti nel Comitato di Liberazione, i fascisti che epuravano, gli antifascisti veri sconvolti e pensosi per gli avvenimenti, pietà e pudore li allontanavano dal giuoco delle vendette e delle ricompense, rischiarono di essere considerati fascisti: questo avveniva qui, l'oggetto dell'odio subito divenne piccolo e vile, il fascista apparve abbietto e implorante, in un vero uomo non poteva che far scaturire pietà, meglio dove il fascista impugnò l'arma ed uccise, si mise al di fuori della pietà. Così come ho visto gli antifascisti lasciare ai fascisti i meriti e le vendette che all'antifascismo si credeva spettassero, così penso sia accaduto ai Martinez ai D'Accursio ai Munisteri che a Regalpetra vissero anni di ansia e di lotta per l'unità e la libertà d'Italia: vennero fuori i Lascuda, che negli ultimi anni dei Borboni avevano ricevuto titolo di baroni, i Buscemi e i Napolitano, voracissimi usurai e ladri, e per loro furono i prefetti del nuovo Regno, gli ufficiali di polizia, per loro lo Stato. I Martinez lottarono finché restò loro un tomolo di terra da vendere, per circa trent'anni lottarono contendendo ai Lascuda l'amministrazione del Comune, riuscirono persino a trascinare sul banco degli accusati il maggiore dei Lascuda che aveva fatto ammazzare una guardia comunale della cui fedeltà dubitava; ma il barone fu assolto, e i Martinez non potevano a lungo lottare contro gente che accresceva la sua ricchezza, che in proporzione alla ricchezza assumeva potenza e impunità; la ricchezza dei Martinez invece era divorata dalle usure, i Napolitano ingoiarono nel giro di pochi anni case e terre dei Martinez. L'ultimo dei Martinez morì solo nell'unica stanza ingombra di vecchi mobili che gli era rimasta, costò al Comune lire ventidue e cinquanta, la cassa e il carro dei poveri, avevano deciso di seppellirlo nel terreno dei poveri, qualcuno si ricordò che c'era una tomba di famiglia sotto il rigoglio delle ortiche. Don Saverio Napolitano morì invece nel palazzo dei Martinez, in una stanza piena di dolce luce, i figli e i nipoti intorno: commendatore di non so che ordine pontificio, gerarca fascista, presidente di pie associazioni e di un consorzio commerciale; per tutta la vita non bevve che acqua di sant'Ignazio, ogni mattina un servo portava in chiesa un fiasco di due litri per una particolare benedizione, evidentemente ne aveva bisogno, morì parlando di cambiali, ebbe un funerale con messa grande e oratore del governo. Il nome Martinez non è rimasto che sulla cantonata di un vicolo, «vicolo Martinez» in vernice nera, e sotto la targa di legno «vietato lordare»; i Munisteri e i D'Accursio son considerati borbonici; i Lascuda i Buscemi e i Napolitano hanno ancora ricchezza e godono considerazione. I Martinez fecero strade scuole edifici pubblici, fino a pochi anni addietro il paese era come essi lo avevano lasciato, l'amministrazione dei Lascuda, associati ai Buscemi e ai Napolitano, non aveva portato che corruzione ed usura. Ma i Lascuda restarono nella fantasia, più che nel ricordo, dei regalpetresi; forse perché avevano imponente figura e parola cordiale. Uno di loro fondò una cassa di risparmio, i borgesi gli affidarono quei *pezzi da dodici* che tenevano sotto il mattone, don Giuliano Lascuda scappò coi quattrini, lo presero a Milano: ma al processo tutti i borgesi dichiararono che non gliene volevano, una croce sopra ci mettevano, ne erano persino contenti. Ed era vero: quando don Giuliano fu messo in libertà andarono tutti ad accoglierlo alla stazione con la banda, nella famiglia dei Lascuda era considerato come un bambino pieno di estri e capricci, e così il popolo lo considerava; ma i suoi non pagarono per far sì che non andasse in galera, e i borgesi gli fecero invece dono dei loro risparmi. Sicché don Giuliano cominciava i comizi – popolo cornuto – ma intendeva dire che il popolo pazientemente aveva sopportato i Martinez, e il popolo con convinzione applaudiva. Forse di ciò si ricordò recentemente un regalpetrese candidato al Parlamento nelle liste dei fascisti, cominciò – popolo di castrati – riscosse larga approvazione.

Fu per merito dei Lascuda che a Regalpetra, come in altri paesi della Sicilia, la mafia entrò nel giuoco elettorale; la mafia reclutava gli elettori, il giorno che precedeva la votazione li raccoglieva tutti, li chiudeva nei magazzini dei Lascuda, arrosto e vino a volontà, per tutta la notte dentro i magazzini ubriachi marci, l'indomani come un branco venivano accompagnati alle urne, la scheda già pronta in tasca. Chi sbaglia paga – era il motto del barone Lascuda, il barone grande lo chiamavano, per distinguerlo dagli altri fratelli; e così aveva pagato la guardia municipale Varchica, così pagavano tutti quelli che con passione sostenevano i Martinez. Il barone grande era poeta, ottave scrisse sulle prime imprese africane e, precursore di qualche vate dell'era fascista, scrisse anche un poema sulle quasi divine origini di Francesco Crispi: per cui la sua fama, oltre che di uomo saggio, di chiaro poeta, viva resta nei regalpetresi le cui famiglie parteggiarono per i Lascuda; mentre quelli che appartengono a famiglie che furono avverse ripetono il giudizio che don Gaspare Martinez diede della attività poetica del barone grande, giudizio così lucidamente condensato in una oscena immagine che mi pare conveniente non trascriverlo.

Tanto tenacemente la mafia si accagliò intorno ai Lascuda che nemmeno nel declinare della loro fortuna politica riuscirono a scrollarsela, la baronale famiglia continuò a fornire false testimonianze ed alibi ai delinquenti più noti, una tradizione alla quale nessuno dei Lascuda mai venne meno, di curiose se ne raccontano. Una volta dei ladri di passo tentarono di togliere le mule a un contadino, gli intimarono il *faccia a terra* ma il contadino non ubbidì, si avventò anzi come un mastino, morse uno dei ladri a sangue, la rapina non riuscì. Ai carabinieri il contadino fornì il contrassegno di quel morso, così profondamente aveva morso che certo il segno non sarebbe scomparso prima di quindici giorni, e i carabinieri infatti trovarono il ladro. Ma il barone grande, piacevolmente filosofando sui guai che rampollano dalle apparenze, andò a raccontare al brigadiere dei carabinieri che una loro cagna, divenuta irascibile per aver perso i cuccioli, aveva morso a quel modo il povero Angelo Viscuglia, e il povero Angelo, il giorno in cui c'era stata la tentata rapina a danno del contadino, non si era mosso da casa Lascuda, dunque innocente era. Il brigadiere aveva la pretesa di distinguere il morso di un cristiano da quello di un cane, gliene venne male, ché la stessa pretesa non avevano i giudici, e molti amici aveva il barone grande: e il povero Angelo tornò aureolato di innocenza, un colpo di carabina più tardi lo stese morto nell'esercizio delle sue funzioni, il barone grande non riuscì a togliergli quel colpo, così la gente si convinceva che solo la carabina faceva giustizia.

Agli occhi del barone grande la quasi divinità di Francesco Crispi apparve folgorante sui Fasci Siciliani: eliminata l'opposizione dei Martinez il barone si era trovato in consiglio un'opposizione socialista; il barone usava liquidare l'idea socialista con un epigramma – vogliamo provare a dividerci tutto stasera? domani, state certi, buona parte di quel che vi è toccato verrà a finire nelle mie mani – e faceva un certo effetto; ma il socialismo cresceva, ci stavano i muratori i falegnami i calzolai, tutta gente che votava, e un giovane avvocato li organizzava. Il socialismo avvelenava la vecchiaia del barone, e nel movimento dei Fasci affluivano i contadini e gli zolfatari, c'era vento di rivolta; i contadini guadagnavano ottanta centesimi per quindici ore di lavoro, quando lavoro c'era; poco più gli zolfatari, che però avevano lavoro per tutto l'anno. Nacque in quel periodo lo slogan di don Filippo Buscemi, da tutti i benpensanti approvato e diffuso – Che tempi! Un galantuomo non può più dare un calcio a un contadino – e davvero i tempi mutavano, a Grotte i Fasci tenevano congresso, partirono i regalpetresi gridando – viva il re, viva il socialismo – e il re invitava a cena un ispettore di polizia, stava davvero pensandoci ai contadini e zolfatari di Sicilia, il pensiero di don Filippo Buscemi si muoveva dentro la testa del re, anche nella bella testa della regina quel pensiero rodeva, contadini e zolfatari invece vedevano quella bella testa femminile intenta al loro dolore, gridavano – viva la regina, viva il socialismo. Venne il generale Morra di Lavriano, qui a Regalpetra venne, un bell'uomo che faceva di tutto per somigliare ad Umberto, i baffi e i capelli a spazzola: era incazzatissimo perché i regalpetresi, dopo il passaggio di Colajanni, alla stazione, avevano reagito contro i carabinieri in un modo che al generale pareva peggio che se li avessero ammazzati, nudi li spogliarono, in una rivolta i carabinieri si ammazzano, avrà pensato il generale, non si spogliano nudi; e un carabiniere si fa ammazzare non denudare; tutte le regole del giuoco sconvolgevano i regalpetresi. Immagino che i quattro carabinieri non l'abbiano passata liscia;

meglio morto che nudo, un carabiniere. La pensava così anche il barone – se loro si fanno spogliare da quattro scalzacani, dove si va a finire? o forse tocca a noi metterci a sparare dalle cantonate? – ma non lo disse al conte Morra perché il conte era brusco e senza confidenza, gran signore ma troppo freddo lo giudicò il barone, a tavola restò distintamente ingrugnato: e fu un pranzo memorabile, c'era una cassata di mezzo quintale. Intanto i bersaglieri, un'intera compagnia, scopavano il paese; una cinquantina di persone arrestarono, altre riuscirono a scappare. Fu, per gli arrestati, una storia lunga.

Il barone grande aveva già lasciato «luminoso retaggio di civile virtù», così dice la lapide sepolcrale, e dormiva «il sonno dei giusti», quando re Umberto fu ucciso: sindaco era suo fratello, che telegrafò il cordoglio dei regalpetresi; e c'era davvero un gran corrotto nel paese. Il detto *dell'antico* che i regalpetresi ripetono – *'ncapu lu re c'è lu viciré*, al disopra del re sta il viceré – vuol significare che è inutile aspettare la giustizia del re quando c'è di mezzo il viceré, lontano il re giusto e buono, vicino e potente il viceré: come dire che si poteva odiare il conte Morra e non il re, i prefetti la polizia i baroni, non il re; il re *non sa*, come idea in sé si specchia e *non sa*, nemmeno Mussolini *sapeva*. Per mezzo secolo ancora, fino ad oggi, il re Mussolini e quelli che vennero dopo Mussolini mai hanno saputo quel che a Regalpetra accadeva.

Dopo il declino dei Lascuda si formarono due fazioni guidate da professionisti, dominavano i medici, ché allora diversa era la professione del medico, a Regalpetra dico; questa professione non poteva esercitarla che un benestante, il medico si pagava a Natale col regalo del cappone, dunque sicura anche nel senso elettorale era la clientela. Saggiamente i medici non davano che chinino e olio di ricino, consigliavano il soggiorno in campagna agli anemici e «sciroppo di coltre» agli infreddati; chi stava per andarsene veniva gratificato di una iniezione di canfora. I regalpetresi benedicono l'anima di quei medici – se destino era che il malato doveva morire, almeno la famiglia non si rovinava a medicine e radiografie – i medici di oggi invece scrivono ricette che non finiscono mai, subito chiedono analisi e radiografie; e prendono cinquecento lire per una visita. Allora i medici venivano persino chiamati a consiglio per decidere su un *partito* matrimoniale, su un testamento una compra un viaggio; parte di tante famiglie erano.

Le due fazioni elettorali non si distinguevano tra loro né per colore politico né per programmi; l'unica distinzione stava nel fatto che una fazione lottava senza la mafia e l'altra alla mafia si appoggiava, le probabilità di vittoria stavano dalla parte dei mafiosi, ma un risultato imprevisto poteva avvenire che scattasse, sicché i mafiosi non giuocavano aperto pur gettando tutto il loro peso su una parte. I socialisti, come si dice delle puntate *a cavallo* nel baccarà, quando il banco né tira né paga, non facevano giuoco; l'avvocato che al tempo dei Fasci Siciliani aveva coraggio e speranza, mugugnava ora amarezza e delusione.

Questa arcadia da cui ogni tanto scappava fuori l'ammazzato prosperò fino al 1923, degnamente chiuse la sua vita con questa deliberazione del Consiglio comunale:

«L'anno millenovecentoventitre nel giorno quattordici del mese di dicembre alle ore diciotto. Il Consiglio Comunale di Regalpetra in seguito ad avvisi di seconda convocazione, diramati e consegnati ai sensi degli articoli 119, 120 e 125 della legge, si è riunito in adunanza straordinaria nella solita sala municipale con l'intervento dei signori..., ed all'appello nominale risultarono assenti gli altri diciannove consiglieri di cui uno morto, ed essendo in numero legale per la validità della deliberazione... PROPOSTA – Conferimento della cittadinanza onoraria a S.E. Benito Mussolini – Il presidente rammenta all'onorevole consesso la viva lotta che molti Comuni Siciliani, compreso il nostro, hanno sostenuto presso i passati governi per la soluzione dell'annoso problema idrico. Finalmente, soggiunge, solo il Governo Fascista ha saputo sollecitamente e pienamente accontentare i voti di quanti di quel dono della natura vanno privi. Di fronte a sì alto beneficio, questo Consiglio Comunale, interprete dei sentimenti di tutto il popolo di Regalpetra, non potrà diversamente esprimere la sua riconoscenza e devozione al Governo Fascista che conferendo la cittadinanza onoraria al suo Capo Supremo S.E. Benito Mussolini – IL CONSIGLIO – a voti unanimi e con entusiastiche acclamazioni, ripetute dal pubblico assistente, ha conferito la cittadinanza onoraria a S.E. Benito Mussolini».

Così sollecitamente e pienamente il governo fascista risolse il problema idrico che i tubi che dovevano portare l'acqua a Regalpetra giunsero a questo scalo ferroviario nel 1938, furono ammucchiati dietro i magazzini, da principio se ne interessarono i ragazzi, per giuoco vi si inconigliavano dentro, poi l'erba li coprì, restarono dimenticati nell'erba alta. L'acqua arrivò nel 1950, fu festa grande per il paese. In quanto agli undici consiglieri che avevano deliberato per la cittadinanza a Mussolini, un paio restarono nella rete di Mori, gli altri non si iscrissero mai al fascio, masticarono amaro per vent'anni. In compenso furono fascisti quei diciotto (facevano diciannove col morto) che risultarono assenti, e si erano evidentemente assentati per protesta, il giorno della deliberazione.

Il sindaco quella proposta aveva fatto per guardarsi le spalle, così si illudeva; dopo il telegramma che annunciava a Mussolini la deliberata cittadinanza onoraria, un altro ne fece che denunciava il prefetto come protettore della delinquenza, voleva dire della delinquenza dei fascisti non di quella della mafia: come un fulmine giunse l'ordine di scioglimento del Consiglio comunale, fu nominato commissario il capo dei fascisti regalpetresi.

Negli anni tra il 20 e il 23 gli omicidi avvenuti a Regalpetra raggiungono una cifra impressionante. Ci furono mesi in cui si scopriva un ammazzato ad ogni sorgere del sole; Regalpetra giunse ad ospitare ottanta carabinieri oltre ad un contingente di P.S. con relativo delegato: per i delegati i regalpetresi avevano un debole, era gente che non voleva noie, subito si ambientava, tra il giuoco di carte al circolo e qualche indigena amante trascorreva il suo tempo. Dopo il 23, il diagramma degli omicidi si avvalla; poi Mori, con metodi già noti, ramazzò mafiosi e favoreggiatori, ma non si creda riuscisse ad estirparli definitivamente, soltanto nella nostalgia per il fascismo si può credere una simile cosa. Per quel che io ricordo, e più indietro i miei ricordi non vanno, negli anni più euforici del fascismo c'era a Regalpetra, nelle campagne intorno, un latitante cui per comodo tutti i furti e gli incendi di case di campagna, che in quel tempo furono numerosissimi, venivano attribuiti. Fu messa una taglia sul *bandito* (che era un poveruomo che doveva scontare una condanna per furto, e a costituirsi non si decideva; viveva con le magre tassazioni che ai galantuomini imponeva); e per la taglia lo ammazzarono, gli diedero alloggio e poi l'ammazzarono: e il fratello del *bandito* sparò poi, in piazza e a mezzogiorno, all'uomo che quel servigio aveva reso alla società, nell'opinione dei regalpetresi fece giusta vendetta.

Oltre ai continui delitti contro la proprietà, due omicidi furono commessi nell'anno che il duce ci dava l'impero: ammazzarono, durante la passeggiata serale che per abitudine faceva, il procuratore delle imposte, delitto tipico della mafia, senza moventi sospettabili e per il mistero in cui rimase; e un benestante fu ammazzato in casa sua, viveva solo e si credeva tenesse molto denaro. La polizia, per quest'ultimo delitto, fu di frenetica attività: arrestò i parenti della vittima e tutti i pregiudicati di Regalpetra, infine un gruppo di giovani che la notte del delitto aveva tenuto *notturna* (la serenata, cioè) in quel quartiere; in tutto circa duecento persone; nei cosidetti nuclei di polizia giudiziaria queste duecento persone furono trattenute per mesi, sistema approvato da tutti gli *uomini d'ordine*, modi di tortura furono escogitati, dicono, da disgradare quelli dell'Inquisizione (insieme ai *Reali di Francia* e al Rutilio qualche contadino che sa leggere tiene anche *I misteri dell'Inquisizione di Spagna*). Infine un simile sistema non poteva che dare il suo frutto, tra quei duecento uno se ne trovò che qualcosa sapeva: ma principale responsabile dell'omicidio era una guardia notturna, chi poteva sospettare di una guardia?; tutti gli altri furono rimandati a casa.

Essendo la mafia un fenomeno, come un giurista lo definisce, di «ipertrofia dell'io», è perfettamente ovvio che dentro uno stato totalitario le sue manifestazioni esterne notevolmente si riducano; ma egualmente ovvio è che solo quell'educazione che si può conseguire in uno stato di libertà e di giustizia può esautorare il fenomeno. I sistemi di Mori, e anche una scimmia avrebbe saputo restituire con quei sistemi l'ordine di cui vanno pazzi i fascisti, soltanto anestetizzarono la mafia; tanto vero che violento è stato il risveglio in questo dopoguerra. Sciaguratamente il fatto che i mafiosi, per un loro ideale di *democrazia*, si siano tenuti lontani dal fascismo o dal fascismo abbiano subito provvedimenti di confino, ha segnato sotto l'AMG (il Governo Militare Alleato) un punto di iniziale vantaggio: e questo vantaggio, nell'attuale giuoco elettorale, la mafia è ben lontana dal perderlo. Comunque la forza politica della mafia, quella sua nobiltà di cui persino illustri parlamentari siciliani si gloriarono, non nasconde che l'omicidio, l'abigeato, in certe zone persino il furto nei pollai. Da *questa* democrazia la mafia trae vecchie e nuove linfe, dopo l'avventura separatista ha ripiegato su realistiche posizioni. Sicché può capitare a molti quello che una volta capitò al regalpetrese avvocato Cravotta.

All'avvocato avevano rubato le pecore, il pastore glielo avevano lasciato legato ad un albero e via avevano portato le pecore. L'avvocato ne parlava con un tale che in città aveva incontrato. Il tale dice – perché non si rivolge a Gaspare Lo Pinto? L'avvocato dice – ma mi sono rivolto ai carabinieri. E quello – Gaspare, in casi come questi, è meglio dei carabinieri. L'avvocato, che è candidissimo uomo, dice – ma lo sa anche lui che le pecore me le hanno rubate, siamo amici, niente mi ha detto. Santo diavolo – quello dice – lei non mi vuole capire; gliele hanno rubate le pecore?; quanto valevano, cento duecentomila?; e lei va da Gaspare e gli dice che sarebbe disposto a pagarne venticinque cinquantamila; mi sa dire poi se le pecore non tornano. Ma Gaspare è il sindaco del mio paese – dice imbalordito l'avvocato. Lo so – conclude l'altro – da sindaco queste cose meglio gli riescono; amico degli amici è, se lo tenga buono.

BREVE CRONACA DEL REGIME

Un cugino di mio padre ci portò in casa il ritratto di Matteotti. Io abitavo con le zie, erano tre sorelle, due di loro non uscivano mai di casa e spesso ricevevano visite di parenti. Mio nonno era paralitico: lo ricordo seduto vicino al balcone, il bastone in mano che gli serviva per chiamare, battendolo a terra con impazienza, il decotto di foglie di sena o il caffelatte o soltanto per chiedere chi fosse quel tale che passava. Tra i piedi gli stava un gatto rosso che io chiamavo Gesuele perché mi pareva somigliasse a un tale che conoscevo. Di tanto in tanto mollavo a Gesuele un furtivo calcio; dal balzo del gatto mio nonno capiva, e mi minacciava col bastone.

Un giorno venne dunque quel cugino di mio padre e portò il ritratto. Raccontò di come l'avevano ammazzato, e dei bambini che lasciava. Mia zia cuciva alla macchina e diceva – ci penserà il Signore – e piangeva. Ogni volta che vedo da qualche parte il ritratto di Matteotti immagini e sensazioni di quel giorno mi riaffiorano. C'era il balcone aperto e un odore acre di polvere e di pioggia. Nella ruota della macchina da cucire che girava io infilavo delle strisce di carta per cavarne un ronzio. Quell'uomo aveva dei bambini, e l'avevano ammazzato. Mia zia mise il ritratto, arrotolato, dentro un paniere in cui teneva filo da cucire e pezzi di stoffa. In quel paniere restò per anni. Ogni volta che si apriva l'armadio, e dentro c'era il paniere, domandavo il ritratto. Mia zia biffava le labbra con l'indice per dirmi che bisognava non parlarne. Domandavo perché. Perché l'ha fatto ammazzare *quello* – mi diceva. Se alla mia domanda era presente l'altra mia zia, la più giovane, che era maestra, si arrabbiava con la sorella – devi farlo sparire quel ritratto, vedrai che qualche volta ci capiterà un guaio. Io non capivo. Capivo però chi fosse *quello*. Una volta mi portarono alla stazione per vederlo passare, ma non riuscii a vedere niente, ricordo un treno che arrivava, e avevo sete, mi diedero una gazosa di colore rosa e macchiai il mio vestito bianco.

Mio padre si era iscritto al fascio per lavorare: ma credeva in Mussolini anche se non credeva nel fascismo. Un fratello di mio padre non si preoccupava di queste cose; faceva il sarto e aveva per la caccia una passione così totale da trascurare qualsiasi altra cosa. Teneva cani e furetti. La sartoria era considerata dai cacciatori come il loro circolo, non si sentiva che – bum bum – e conigli che saltavano fuori delle macchie, il frullo delle pernici, i furetti che restavano inconigliati nelle tane. Le poche volte che nelle riunioni della sartoria il discorso cadeva su Mussolini mio zio diceva – è un diavolo – per dire che ci sapeva fare; oppure, per dire che era un delinquente – è un gran cornuto – ma sempre senza passione. Una volta aveva un lavorante milite, voleva andarsene a non so che campeggio, mio zio non voleva perché si era sotto le feste e c'era molto lavoro. Quello andò a dirlo al centurione, il centurione fece chiamare mio zio, gli disse che doveva lasciar libero il lavorante e poi riprenderlo, se no erano guai. Forse da allora mio zio ebbe sul fascismo più appassionata opinione.

Qualche volta veniva un altro cugino di mio padre. Era ricco. Aveva una voce che faceva tremare i vetri. Oggi è fascista. Allora gridava – ve lo dico io, questo cornuto ci porterà alla rovina. Pensava alle tasse che pagava e diceva – vedrete che ci lascerà nudi, finirà che ci resteranno solo le mani per coprirci il culo. Raccontava poi una storia che solo più tardi son riuscito a ricostruire. Aveva dato la lira per il monumento a Matteotti e quando più tardi aveva fatto domanda per essere ammesso al fascio, il segretario politico gli aveva detto che il partito non voleva carogne, che gli elenchi di coloro che avevano dato la lira erano nelle sue mani. La cosa lo colpì; ci si arrovellava. Finché trovò una soluzione: c'era un suo parente povero che aveva cognome e nome uguale al suo; grazie a qualche centinaio di lire gli fece dichiarare, per iscritto e in presenza del segretario politico, che era stato lui, il povero, a dare la lira per Matteotti. Il povero non aveva niente da perdere, magari ad andare in galera gli pareva fosse uno scialo in confronto alla vita che faceva.

Tranne che per qualche piccola invettiva, del fascismo e di Mussolini non sentivo parlare che bene. Ci furono le spedizioni al Polo, e io ritagliavo le fotografie dei partecipanti. Mi regalarono, pure da ritagliare, un cartoncino con tutti i pezzi per fare un dirigibile. Ci riuscii, e lo attaccai al soffitto con un pezzo di spago, pendeva leggero con le sue tre navicelle. Di sera, a letto, immaginavo il Polo; e il generale Nobile che aveva una cagnetta che si chiamava Titina; e la carne in scatola che mangiavano, e a me piaceva, ma sempre mi dicevano che era dannosa.

Mi diedero la tessera di balilla; mi fecero fare per la tessera una fotografia con la camicia nera, di seta lucida, il fazzoletto azzurro, i cordoni e il berretto col giummo. Leggevo il giuramento che c'era scritto sulla tessera e il regolamento dell'assicurazione; perché pagando la tessera godevamo pure del beneficio di un'assicurazione. Pensavo – se muoio mio padre prenderà quindicimila lire; se mi va via una gamba me ne daranno trenta. Non riuscivo a immaginare come mai potessi morire o perdere una gamba.

A scuola andavo di malavoglia. Leggevo sempre giornaletti, libri. La domenica andavo alle adunate. Un mio zio era presidente dell'Opera Balilla. Andavo alle adunate di buona gana quando c'era il sorteggio dei giocattoli. Quando il sorteggio non ci fu più, ci andai perché mio zio mi ci voleva. Ci mettevano in fila, ci facevano marciare in un cortile. Ogni tanto ci interrogavano sul giuramento, sulla disciplina e – chi è il presidente nazionale dell'Opera Balilla? Questo lo sapevo – sua eccellenza Renato Ricci. Mentre si stava in fila qualcuno chiedeva – capocentù, posso andare al cesso? Il capocenturia gridava – no, crepa. Finì che il – no, crepa – lo vidi come una divisa, un cartiglio araldico delle adunate domenicali.

Mi fecero fare il corso di caposquadra. Io non riuscivo assolutamente a gridare i comandi. A comandare non ce l'ho mai fatta. Ma mi promossero lo stesso. E mi diedero anche una croce al merito. Mio zio ci teneva. Una volta mi fecero persino portare il gagliardetto. Avevo i guanti bianchi, e il gagliardetto si teneva col mignolo attorcigliato. Il dito me lo sentii intorpidito per tutta la giornata. Erano cose che mi scocciavano. Brutto com'ero, quel berretto col giummo mi stava come una schioppettata. Io non ho mai voluto portare il berretto, per non mettermi un basco una volta mi ero deciso a scappare di casa; e invece dovevo per le adunate mettermi proprio quello col giummo. Dovevo, stonato come una quartara rotta, cantare gli inni; e volevano persino farmi recitare in una di quelle operette che si chiamavano *Il piccolo balilla* o *La piccola italiana.* Sempre perché c'era mio zio, si capisce. Ma se non volevo più marciare mi dicevano di uscire dalle righe e starmene a guardare. Se non era per mio zio mi avrebbero detto – no, crepa. Mi faceva piacere che ci fosse mio zio con quella cintura dorata, la sciarpa azzurra e il pugnaletto. Mi risparmiava tante cose. Persino il premilitare mi ha poi risparmiato.

Finii le elementari, non volevo saperne di continuare le scuole, me ne andai dal sarto. Non potevo immaginare si potesse vivere senza il fascismo. Sapevo che c'erano dei sovversivi, gente che non lo voleva: sentivo parlare di un muratore e di un sellaio, erano socialisti, li mettevano dentro per due o tre giorni e poi li rilasciavano. Passò Farinacci, e il muratore e il sellaio se ne stettero un paio di giorni in camera di sicurezza. Re Boris venne per sposare Giovanna, avevo una cartolina con i due ritratti uniti da un nodo, e i due furono rinchiusi di nuovo. Lo sentivo dire in casa. Una volta sentii che avevano messo una bomba al passaggio del re. Poi che avevano preso un tale che aveva intenzione di ammazzare Mussolini. Erano cose che mi scuotevano. Odiavo la gente che metteva bombe per il passaggio del re, l'uomo che si portava dietro le bombe per ammazzare Mussolini. E mi pareva strano che non cacciassero per sempre in galera un tipo che sapevo diceva sempre male di Mussolini. Si chiamava Celestino. Dicevano che era stato un debosciato, che non aveva mai lavorato. Era poverissimo, dormiva in uno di quei casotti che un tempo servivano da posti di dazio; sulla paglia, e con la porta sempre aperta. Non aveva camicia, portava solo un vecchio fazzoletto di seta sotto la giacca. Magrissimo, d'inverno vedevi le sue gambe fragili tremare di freddo dentro i leggeri calzoni a tubo. Sempre strozzato dalla voglia di fumare, andava in cerca di cicche più che di pane. Nella banda municipale, un tempo suonava il clarino: e sempre aveva dentro musica, andava fischiettando e agitava a ritmo una bacchetta che non lasciava mai. Lo vedevo scendere ogni mattina, sapevo quale sarebbe stata la sua prima sosta. Era come un rito.

C'era, nella strada dove io abitavo, un negoziante di stoffe che teneva appesi sugli scaffali ritratti del re, della regina e del duce. C'era anche un Cuore di Gesù col lumino sempre acceso. Il negoziante non amava il fascismo, diceva che Mussolini faceva danno come un porco in una vigna; perciò tollerava la quotidiana visita di Celestino. Il quale si fermava sulla soglia, salutava – bacio le mani, don Cosimo – e poi, guardando il ritratto di Mussolini, diceva – sì, corri pure; ma verrà il giorno che ti vedrò attaccato alla coda di un cavallo. Guardava il re – e tu, cornuto...; e sputava. Dopo una irripetibile attenzione al Cuore di Gesù riprendeva la sua strada fischiettando.

Non lo mandavano in galera perché sapevano gli avrebbero fatto piacere. Ma una volta un fascista tentò di convincerlo. Parlava e gli dava da fumare. Celestino succhiava avido la sigaretta, e aveva una faccia così intenta e seria che quello credette di aver fatto colpo. Finì il discorso e – sei convinto? Celestino consumò la sigaretta fino a bruciarsi le labbra; e poi – convinto sono, ma il fatto è che se non lo ammazzano non riusciremo a vedere un po' di luce.

Si fece il referendum per vedere, dicevano, chi voleva il fascismo e chi no. Si votava nelle scuole. Nel paese non ci fu un solo no. Del resto, l'ultima amministrazione comunale democratica aveva deliberato di dare a Mussolini la cittadinanza onoraria: non sarebbe stato bello dire *no* a un concittadino tanto grande. Così tutti trovavano il veterinario comunale che dal seggio graziosamente porgeva la scheda con un *sì* in calligrafia. Non restava che da leccare la colla, chiudere la scheda e ridarla al veterinario. Uno solo, un ex maresciallo delle guardie regie, guastò la giornata al veterinario: sbirciando la scheda con quel *sì* gliela lasciò in mano, disse – prego, ci sputi lei. E se ne andò tranquillamente. Volevano poi farlo mandare al confino. La frase restò proverbiale in paese, si dice

– ci sputi lei – per dire di una cosa che, dichiarata facoltativa, è di fatto obbligatoria.

In quel tempo frequentavo la casa di un mio amico; era un buon compagno, usciva dal seminario, portava lenti grosse come fondi di bottiglia. Mi piaceva suo padre: un bell'uomo sanguigno, col pizzo bianco. Finì che mi consideravo più amico del padre che del figlio. All'uomo piaceva stare a discorrere con me, e a me piaceva quel che mi raccontava della libertà e dell'onestà che c'era in Italia prima della guerra, come lui diceva. Mi diceva – figlio mio, vedrai quello che ancora farà questo pagliaccio; farà la guerra, di sicuro; manderà al macello i figli di mamma. Un po' ne ero scandalizzato, sentir chiamare pagliaccio l'uomo di cui il vescovo, il giorno della mia cresima, e c'eravamo tanti ragazzi, aveva ringraziato Dio, ché era stato un segno di grazia mandarcelo, specialmente per noi bambini, e non avremmo dovuto dimenticarlo nella preghiera della sera. E poi, la guerra mi pareva dovesse essere una gran bella cosa. Ma mi piaceva stare a sentire il padre del mio amico. E che tutti oggi lo ricordino come un galantuomo, rende più cordiale e simpatica l'immagine che conservo di lui.

Ero stucco di stare ad apprendere l'arte del sarto. Mi venne idea che avrei potuto farcela, a studiare. Feci l'esame di ammissione, fui promosso. E per un mese me ne andai da mio padre, che era impiegato in una zolfara. Mi piaceva l'odore dello zolfo, me ne stavo in giro tra gli operai, guardavo lo zolfo scolare come olio dai forni, si rapprendeva dentro le forme, le balate gialle venivano poi caricate nei vagoncini, fino alla piccola stazione tra gli eucalipti. Ogni sera guardavo il trenino, strideva ingranando nella grimagliera; mi incantavano i suoi terrazzini dove i ferrovieri stavano a discorrere con le donne, la lenta ascesa tra gli alberi.

Il paese era distante dalla zolfara; il paese di Francesco Lanza, ma allora non sapevo di Lanza, leggevo Hugo e Dumas padre. Un pomeriggio di domenica mio padre mi lasciò andare in paese in compagnia di un capomastro, gli operai mi fecero festa, vollero che prendessi gelati e dolci. Se ne stavano, indomenicati nei loro vestiti scuri, a sedere fuori della stanza terragna che era il loro circolo o, come si diceva, dopolavoro. L'indomani li avrei rivisti nella zolfara con i pezzi di copertone legati ai piedi, il loro pane scuro – mangiamo pane e coltello – dicevano, come dire che mangiavano solo pane, al massimo l'accompagnavano con l'acciuga salata o con un pomodoro.

Passai un mese alla zolfara. Tornando, viaggiai su un treno zeppo di soldati in divisa coloniale. A Caltanissetta tutti cantavano *faccetta nera*, i ragazzi del quartiere dove andai ad abitare ne sapevano un'altra, quella che diceva – per vedere il duce ci vado in bicicletta. Io non sapevo andare in bicicletta. Avrei voluto vedere Mussolini ma così, incontrarlo senza la banda che suonasse, senza stare in riga. Quel ragazzo che conoscevo, che non si era lavata la faccia per una settimana perché Mussolini, al campeggio, l'aveva baciato, mi disgustava. Da piccolo leggevo e rileggevo il *Cuore*; ma quel luogo in cui si dice del padre che, dopo aver stretto la mano al re, passa la sua sulla faccia del figlio per lasciargli *la carezza del re*, francamente mi dispiaceva: pensavo che il re potesse avere la mano sudata, ed anche il padre, e sempre non ho tollerato essere accarezzato.

Un giorno si seppe che doveva parlare Mussolini, era di ottobre, vestii la divisa e andai all'adunata. Capii che c'era la guerra sentendo una donna piangere. Ero contento.

Ogni mattina, andando a scuola, mi fermavo al negozio dell'Unica: c'era in vetrina una grande carta geografica dell'Etiopia, e bandierine segnavano l'avanzare delle nostre truppe. Andava bene. Non poteva che andare bene. Mussolini non poteva sbagliare. Dalle fotografie sui giornali mi pareva che i nervi rodessero Eden; mi pareva un tipo nervoso, di quelli che si mangiano le unghie. E Mussolini invece aveva una faccia sorridente, rideva sicuro della vittoria. Ad ogni località che le nostre truppe conquistavano, facevamo la manifestazione. I questurini ci sorridevano paternamente. I ragazzi più frenetici salivano sulle spalle dei compagni, gridavano – che cosa fa il Negus? Tutti eravamo convinti che il Negus non facesse che schifo. Ed anche il signor Eden. E la Francia. E la Russia. Faceva schifo tutto il mondo. Noi no. Eravamo poveri e volevamo un posto al sole. Eravamo un popolo di eroi. Il federale si affacciava al nostro clamore. Era zoppo. Non poteva essere che un eroe. Poi andavamo dal prefetto. Si facevano le dieci, le dieci e mezza: ormai la vacanza era guadagnata. La manifestazione si affiosciava di colpo. Ce ne andavamo a gruppi fuori città.

Prendemmo l'Etiopia. Crepuscolari vignette del Negus che partiva col treno Addis Abeba-Gibuti costellavano le edicole: c'era un po' di malinconia nell'aria, la canzone di moda era *chitarra romana*. Le scuole chiudevano. Ritornai in paese per le vacanze. Quando si faceva discorso dell'impero, mia zia diceva – il povero Negus. Io pensavo che me ne sarei andato in Etiopia, a correre avventure o magari a fare il maestro. Le vetrine erano piene di libri sull'Etiopia e sulla guerra. Ce n'era uno intitolato *Io in Affrica*. Scrissi *Affrica* in un componimento, a scuola; il professore lo segnò in rosso. Non amava D'Annunzio né, disse, i dannunziani da tre a un soldo. Mi fece un po' di bene.

Passai le vacanze leggendo libri americani, non ricordo come mi fossero venuti tra le mani. Ritornai a scuola pensando fosse finito il tempo delle manifestazioni. C'era invece la Spagna. Ma ci stavamo alla stracca, ormai; non era la stessa cosa che per l'Etiopia; o forse noi eravamo un po' cambiati. Il commissario di P.S. veniva mentre aspettavamo il suono della campanella per entrare a scuola, chiamava quelli che conosceva come animatori delle manifestazioni – e che, non la facciamo una bella manifestazione? – diceva. E che è successo? – chiedevano gli studenti. Abbiamo preso Santander – diceva il commissario. Ci avviavamo alla federazione. Ma durava una mezz'ora. Restavamo a passeggiare coi libri sottobraccio, a discorrere di libri e di ragazze. Avevo scoperto Dos Passos. E c'era una ragazza che mi piaceva. Avevo sempre bisogno di soldi, con due lire al giorno non ce la facevo ad andare a cinema e fumare, e compravo ogni settimana l'«Omnibus» di Longanesi e il «Corriere» quando c'era l'articolo di Cecchi.

In quel tempo conobbi C., era di un anno più grande di me, frequentava il liceo. Io ero del magistrale, non riesco a ricordare come l'ho conosciuto, forse a una di quelle partite di calcio che si facevano tra scuole. Sembrava un uomo di trent'anni, si aiutava ad apparire più vecchio fumando sigari, teneva baffi grossi. Era un ragazzo straordinariamente intelligente, pieno di trovate estrose ed argute. Conosceva ambienti di antifascisti. Mi fece dapprima dei discorsi vaghi, poi sempre più chiari e precisi. Già in me qualcosa accadeva, acquistavo un sentimento delle cose e degli uomini che sentivo non aveva niente a che fare col mondo del fascismo. Cominciai a conoscere persone intelligenti. Tranne un professore che mi aveva intelligentemente guidato nelle letture, mai avevo conosciuto persone di così limpidi pensieri.

In un circolo dell'Azione Cattolica si teneva un ciclo di letture dantesche. Letture cariche di segrete intenzioni. Agli occhi della questura la lettura che un avvocato fece del canto degli avari e dei prodighi colmò la misura: concluse che nella figura del tiranno i due vizi si fondevano, fu applauditissimo, gli applausi insospettirono le spie.

Per tutto l'anno a scuola non andai mai il sabato, c'era l'obbligo della divisa, e a me la divisa dava fastidio, mi faceva sentire ridicolo. Eravamo in tre a far forca ogni sabato, e il sabato c'era cultura militare. Sicché il seniore della milizia che questa materia insegnava ci vide per la prima volta agli esami, voleva farcela pagare, ma noi conoscevamo come un'avemaria le parti del moschetto 91, le definizioni di ordine disciplina obbedienza – pronta rispettosa assoluta – e non riuscì a beccarci.

Con l'aiuto di C. mi trovai dunque dall'altra parte. Ora quei nomi delle città di Spagna mi si intridevano di passione. Avevo la Spagna nel cuore. Quei nomi – Bilbao Malaga Valencia; e poi Madrid, Madrid assediata – erano amore, ancor oggi li pronuncio come fiorissero in un ricordo di amore. E Lorca fucilato. E Hemingway che si trovava a Madrid. E gli italiani che nel nome di Garibaldi combattevano dalla parte di quelli che chiamavano rossi. E a pensare che c'erano contadini e artigiani del mio paese, d'ogni parte d'Italia, che andavano a morire per il fascismo, mi sentivo pieno d'odio. Ci andavano per fame. Li conoscevo. Non c'era lavoro, e il duce offriva loro il lavoro della guerra. Erano carichi di figli, disperati; se andava bene, la moglie avrebbe fatto trovar loro, al ritorno, tre o quattromila lire messe da parte; e il duce li avrebbe certo compensati con un posticino di bidello o di usciere. Ma per due o tre del mio paese la cosa andò male, in Spagna ci restarono, morirono in Spagna di piombo per non morire di fame in Italia. Sentivo affocato pianto al pensiero di questi poveri che andavano a morire in Spagna; e il podestà si vestiva di nero, entrava in quelle povere case oscure, i bambini lo guardavano meravigliati; alla notizia, data in termini di romana fierezza, il pianto della donna scoppiava di rossa ira, accusava – per la fame c'è andato, per la fame.

A pensare oggi a quegli anni mi pare che mai più avrò nella mia vita sentimenti così intensi, così puri. Mai più ritroverò così tersa misura di amore e di odio; né l'amicizia la sincerità la fiducia avranno così viva luce nel mio cuore. C. è oggi deputato, di tanto in tanto ci scriviamo: lo stimo moltissimo, e credo lui abbia ancora stima di me. Persone di cui allora ci guardavamo, che sapevamo fascisti fanatici o, come allora si diceva, informatori capillari se non addirittura spie, lui se le ritrova a fianco nel partito in cui milita; e io le ritrovo nel partito per cui voto. Ma anche C. ed io siamo stati nei Guf fino alla fine, ad approfittare di conferenze e convegni per dire quel che pensavamo; e forse tanta gente ci avrà guardato con sospetto. Questa è la dittatura: velenoso sospetto, trama di umani tradimenti ed inganni.

I convegni del Guf erano un divertimento particolare. Il gioco era apparentemente rischioso, in realtà estremamente facile e comodo. C. aveva poi il gusto della beffa. Era capace di citare in un convegno un discorso di Dimitrov dicendo che era di Bottai, far dire a Mussolini cose che aveva detto Stalin e a Starace frasi dell'ultimo discorso di Roosevelt. Andava bene. Ci beccavamo dei premi, persino. Il federale era fiero della gioventù studiosa *che forgiava i nuovi destini della patria immortale*.

I nuovi destini pendevano intanto come pipistrelli dal soffitto di un teatro. Si spegnevano le luci e i nuovi destini svolazzavano ciechi. Si spegnevano davvero, le luci: il buio imbambagiava le città, le sirene d'allarme laceravano le notti. Il ronzio degli aerei mordeva i confini della notte, a Caltanissetta; suonava l'allarme e si sentivano ronzii lontani, come smarriti. Gli inglesi non venivano. Si stava sicuri. La gente diceva – sanno che ci sono molti antifascisti. Invece Caltanissetta ebbe poi un terribile bombardamento, fu tutta un atroce spaccato.

Ogni giorno all'una andavamo ad ascoltare il bollettino in un caffè affollatissimo. Ci piaceva notare le reazioni della gente. Nella folla le orecchie degli informatori galleggiavano come ninfee su uno stagno. Li conoscevamo uno per uno. Una volta C. fu abbordato da uno di costoro al tavolo di un caffè. La spia cominciò un discorso provocatorio, C. ascoltava impassibile; ad un certo punto si alzò con solenne lentezza e lo schiaffeggiò. Accorse gente. C. spiegò calmo – ha osato dir male del nostro duce. La spia era scomparsa.

Ascoltavamo il bollettino, dunque: e ogni giorno si ripeteva una divertente macchietta. C'era un tipo, fascista della prim'ora e noto manganellatore, che veniva a collocarsi sotto l'altoparlante, con le spalle alla parete e la faccia rivolta al pubblico. Se il bollettino diceva – quattro aerei inglesi sono stati abbattuti – con faccia giubilata lo squadrista tuonava – 'azzo!; ma subito dopo – un nostro aereo non è ritornato alla base – la faccia gli si scuriva di triste rassegnazione e diceva – che volete? guerra è.

Era davvero guerra, e non soltanto per gli aerei che non ritornavano alla base, per le bombe che cadevano sulle città. Era guerra per il pane.

C'erano tedeschi, ora, nelle nostre città; entravano nei negozi e compravano, viaggiavano in prima classe, affollavano i casini. Il nostro gioco di propaganda trovava argomenti di immediato effetto. Oggi, per esempio, il viaggio in prima classe getta il discredito sulla democrazia parlamentare; allora bastava accennare ai tedeschi che viaggiavano in prima classe per suscitare sdegno. La prima classe delle ferrovie è una cosa sacra.

«L'Osservatore Romano» era molto letto. A casa leggevo ad alta voce gli *acta diurna*; mio fratello diceva no, che avremmo vinto la guerra, che eravamo pazzi io e C. e tutti i miei amici.

Ma le cose andavano davvero male, ad un certo punto misero in giro il re. Arrivò verso le otto del mattino, si fece vedere al balcone del municipio. La gente applaudiva fiacca. Era giornata di nuvole. Il re era così grigio che sembrava fatto di argilla secca, e che gli avessero soffiato la vita soltanto per quel tic che gli muoveva mezza faccia; un povero vecchio da ospizio. A lato aveva un generale con l'occhio di vetro. Qualcuno diceva – dovrebbe mettersi coi generali e cacciarlo via, ma non ce la fa più, è a terra.

Spesso andavo al mio paese per rifornirmi di pane. Tra Serradifalco e San Cataldo, lungo la ferrovia, era accampata la divisione Goering. I ferrovieri ci invitavano ad abbassare le tendine. Dalle fessure i viaggiatori guardavano con odio quegli uomini biondi che si muovevano tra gli alberi a torso nudo. Ormai senza precauzioni si imprecava, si raccontavano le barzellette. Anche tra i fascisti, i furbi avevano sentito aria di sgombero: e ammiccavano d'intesa ai vecchi antifascisti. Ampie scappellate, di quelle all'antica, salutavano ora il passaggio dell'onorevole Guerrieri-Averna, uno di quelli dell'Aventino. Da anni l'onorevole si trovava in casa, a tutte le ore, come sorprese da albero di natale, carabinieri e questurini; si era abituato all'indifferenza degli altri, alla solitudine; ora gli atti di ossequio lo disorientavano. Perché il bello era questo: l'onorevole era rassegnatamente certo della vittoria dell'Asse; avevamo cercato di stabilire dei contatti e ci aveva risposto che la partita era chiusa, la Germania si mangiava tutto il mondo.

Fu bombardata una città della costa. Si disse che una bomba avesse offerto lo spaccato della cantina del federale: e c'erano cosciotti di maiale, damigiane di olio, quintali di pasta. Giorni prima il federale aveva donato le tessere delle razioni alimentari, sua e della moglie e dei figli, ai lavoratori. Aveva fatto un raduno di fascisti e proposto che tutti seguissero il suo esempio. Un giudice del tribunale umilmente fece presente che soltanto con la tessera un buon italiano mangiava e che non sentiva di possedere le divine qualità digiunatorie del federale. Gli folgorarono un trasferimento. Gli altri mollarono le tessere.

Al mio paese l'indignazione popolare contro i fascisti si era condensata in una aristofanesca immagine: un gatto e un tocco di baccalà. Si diceva che il gatto del segretario politico fosse scappato dall'abbaino di casa con un bel pezzo di baccalà saldamente addentato; che dalle finestre sui tetti fosse stato scongiurato dai padroni a ritornare; ma era un gatto da quinta colonna; forse, a dispetto delle favole e dei padroni che lo nutrivano, era un gatto socialista; e non si contentò di starsene appartato sul tetto a liquidare il baccalà, scese in un cortile, i gatti del quartiere corsero miagolanti di voglia, ne nacque agape burrascosa. La novella maliziosamente esplose nel paese, da tempo la gente non vedeva baccalà, né con le tessere né di intrallazzo. E io credo non l'avesse visto nemmeno il segretario politico. Era fanatico, ma ad ogni altra cosa incapace, anche a rubare. Ma la gente sapeva che dalle sue mani passavano i viveri destinati a una colonia di bambini che c'era nel paese, fu creduta la storia del baccalà. A non esser vera, era ben trovata. Furono intelligenti gli italiani, in quegli anni. Ebbero fantasia. Aver pensato al baccalà, che era la più introvabile cosa, pareva persino incredibile che ancora ce ne fosse nel mondo: e per gli zolfatari che prima lo mangiavano spesso, e chiamava allegro vino, era come un sogno, un favoloso desiderio.

Lasciai definitivamente Caltanissetta. Ritornai al paese, mi avevano trovato del lavoro, ed era tempo che mi mettessi a guadagnare qualcosa. C. era stato chiamato a fare il soldato, era a Parma, in cavalleria; io mantenevo i contatti con Michele C., un uomo calmo abile sicuro. Ora ci volevano di questi uomini, non era più il momento della passione e del furore. Avevo degli *amici* anche al mio paese. I miei temevano andassi a finire in galera; sentivano radio Londra, capivano che tutto si sfasciava, ma credevano in un ultimo colpo di dadi, nel punto buono di Mussolini. Ogni sera c'era lo spasso di Appelius; poi cercavo Londra, si annunciava col colpo di grancassa – parla il colonnello Stevens. Buona sera. Per sfogarmi a parlare facevo a piedi un po' di chilometri, fino a Grotte, dove stava il mio amico L., o veniva lui a trovarmi.

In paese c'era una squadra di soldati, li chiamavano *movieri*, non so precisamente cosa stessero a fare. Il tenente veniva al circolo a giocare al biliardo; e a scopone per tutta la giornata giocava il sergente. Il tenente era un uomo intelligente, diceva corna del fascismo, ci scambiavamo dei libri. L'ultimo libro che ci scambiammo, *Moby Dick*, me lo portò un motociclista, da Castelvetrano dove l'avevano poi trasferito, il giorno prima che gli americani sbarcassero in Sicilia. Non l'ho più rivisto, so che sta a Roma e fa l'attore.

Accanto ai manifesti che ricordavano ai siciliani i Vespri e li invitavano a un nuovo vespro *tra la sabbia e il mare*, dove secondo Mussolini le truppe di invasione si sarebbero arrestate, altri ne comparvero più piccoli e meno vistosi: e i siciliani che vi incollarono gli occhi a leggerli e a rileggerli, tanto parevano incredibili, appresero che *gli italiani* erano pronti a difendere *i siciliani*, e che non c'era niente da temere, tutto era saldo lubrificato pronto allo scatto. Il proclama era firmato dal generale Roatta. Finocchiaro-Aprile avrebbe poi dovuto ricordarsene, chiamare Roatta a presidente onorario del movimento separatista, proclamarlo ante-marcia. Fu il primo ad avvertire i siciliani che italiani proprio non potevano considerarsi, che gli italiani si proponevano di difenderli allo stesso modo e nello stesso sentimento dei *camerati* tedeschi.

Qualche giorno dopo il proclama di Roatta scomparve sotto un proclama bilingue di eguali dimensioni – *I, Harold Alexander...*

Una luce di sangue raggelava improvvisamente la scena: quei *pupi* che si agitavano sciocchi trascinavano ora tragiche ombre, grottesche ombre umane idropiche di paura. Cominciava per me la vicenda della pietà. Un terribile sentimento, la pietà. Un uomo deve amare ed odiare: mai aver pietà. Un uomo, dico. E io ero ancora un ragazzo.

IL CIRCOLO DELLA CONCORDIA

Questo circolo, prima denominato *dei nobili* poi *della concordia* poi *dopolavoro 3 gennaio*, sotto l'AMG sede della Democrazia Sociale (il primo partito apparso in questa zona della Sicilia all'arrivo degli americani e dagli americani protetto) e infine ribattezzato *della concordia*, pare sia stato fondato prima del 66, se appunto nel 66 la popolazione, infuriata contro le sabaude leve, istintivamente trovando un certo rapporto tra la leva che toglieva i figli e i nobili che se ne stavano al circolo, molto volenterosamente vi appiccò il fuoco; ma pare ne ricevessero danno soltanto i mobili, le persone si erano squagliate al primo avviso, le sale restarono superficialmente sconciate. Intorno al 1890, la lotta tra i Martinez e i Lascuda divenuta particolarmente feroce, il circolo attraversò un brutto momento: i Lascuda e la loro coda l'abbandonarono, aprirono un circolo denominato *di cultura*, in verità vi si giuocava a zecchinetta come nell'altro circolo, ma il barone Lascuda di tanto in tanto teneva conversazioni sui temi come «l'eruzione del Mongibello» e «il conquisto del Perù». La scissione durò un paio d'anni, poi furono aperte trattative, studiato un nuovo statuto: e il nome augurale della concordia sortì dalla costituente assemblea. Lo statuto varato in tale occasione portava circa 400 articoli, e un lungo preambolo in cui le letture del barone Lascuda erano sufficientemente testimoniate. Un tale capolavoro di cultura letteraria e giuridica vive soltanto nel ricordo dei vecchi: quando il circolo diventò dopolavoro fascista le copie dello statuto andarono disperse. Pare comunque che la concordia ha davvero regnato, da allora ad oggi, sul circolo: le zuffe e gli incidenti che frequentemente accadono non portano mai a scissioni o pronunciamientos.

Il popolo lo chiama ancora *circolo dei nobili* (o *dei galantuomini dei civili dei don*); i soci lo chiamano semplicemente *casino*. È situato sul corso, nel punto più centrale: consiste di una grande sala di conversazione, con tappezzeria di color perso e poltrone di cuoio scuro, una sala di lettura, tre sale da giuoco: nella sala di lettura c'è la radio, quasi sempre accesa, la possibilità di far profittevole lettura è molto vaga; sul tavolo si trovano i quotidiani «Il Tempo» di Roma e «Il Giornale di Sicilia»; i settimanali «Epoca» «Oggi» e «La Domenica del Corriere»; le riviste «L'Illustrazione Italiana» e «Il Ponte», quest'ultima rivista pochissimo letta e disdegnosamente tollerata vi si trova, in grazia della concordia da cui il circolo prende nome, per volontà di una diecina di giovani. Alla fine di ogni anno c'è il tentativo di cassare l'abbonamento al «Ponte» dal bilancio, ma i giovani stanno all'erta e ripresentano alla deputazione l'istanza del rinnovo; purché la concordia non venga meno gli altri sopportano lo scandalo di una simile rivista.

Per essere ammessi a soci il nuovo statuto prescrive una votazione cui siano presenti la metà più uno dei soci effettivi, e il candidato deve riportare i due terzi più uno di voti favorevoli; sicché l'ammissione diventa difficilissima, a volte addirittura impossibile, il circolo vive periodi di bilioso umore in cui, l'antico splendore nobiliare confrontato al plebeo presente, c'è rischio che un giovane laureato figlio di un borgese o di un commerciante riceva bordate di *no*; ci sono però i periodi *democratici*, e allora c'è la possibilità che un candidato venga ammesso con plebiscitario favore. I periodi che chiameremo *araldici* di solito coincidono con certi atteggiamenti di più pronunciato anticomunismo del governo, o di intransigenza del governo verso gli scioperi, o di affermazione elettorale delle destre; i periodi *democratici* con certe affermazioni, locali o nazionali, delle sinistre. Sono dei riflessi condizionati, che non giungono al lume della coscienza. Pavlov suonava il campanello e poi faceva portare al cane la scodella di zuppa, il cane sentiva la zuppa nel suono del campanello, quando la zuppa tardava il cane aveva già quella che diciamo l'acquolina in bocca; così se il ministro fa il duro con i professori in sciopero la salivazione reazionaria dei galantuomini si fa abbondante, hanno l'acquolina in bocca per quel che potrebbe venire appresso. Durante il fascismo andava bene, ad ogni squillo di campanello veniva fuori la zuppa, invece ora il campanello suona e la zuppa chi sa in quale cucina va a male. I galantuomini furono e sono, tranne quattro o cinque, fascisti: resta memorabile la riunione che un federale, qui ricordato come bestia e altrove come criminale, fece nella sala di questo circolo, allora dopolavoro; una riunione che, per quanto bestia, il federale si era ben guardato di rivelarne prima lo scopo; tutti credevano fosse una delle solite, per illustrare staraciano cerimoniale o incrementare la diffusione del «Popolo d'Italia», nessuno mancò, il federale li prese di sorpresa: la guerra di Spagna, e volontari per la guerra. I galantuomini si sentirono come topi nella trappola, quelli che erano vicini alle porte-finestre silenziosamente strisciarono nei vani e saltarono sul marciapiede, gli altri accusarono mal di fegato emorroidi ed artriti. Questo era il fascismo dei galantuomini, di tutti i galantuomini di Sicilia; a pensarci bene era il fascismo vero, non volevano avventure, una manganellata allo zolfataro che alzava la testa, al contadino; l'agricoltura protetta in modo da consentire una rendita buona al proprietario che se ne stava al circolo da capodanno a San Silvestro; un certo prestigio da sfoderare nelle crociere estive, 500 lire tutto compreso, nei porti di Tunisi e Casablanca. La Sicilia, come disse il duce, era fascista fino al midollo (il midollo dei galantuomini), ma s'ingannava di grosso il duce se credeva che in quel midollo corressero guerrieri brividi; a meno che non fosse deciso, ma proprio deciso, che la guerra andassero a farla zolfatari e contadini: e lontano come in Africa, come in Spagna. La guerra in Africa e in Spagna, allora sì che fanfare guerriere si accendevano nel cuore dei galantuomini, «raggiunta Neghelli» leggevano sul «Giornale di Sicilia», in dolce siesta sprofondati nelle poltrone, «conquistata Bilbao»: e la fanfara squillava alta, dal peso della digestione li sollevava ad eroiche fantasie. I tedeschi *coventrizzavano* e le fanfare squillavano ancora; poi gli schianti si avvicinarono, e fu musica a morto; tutto andava così bene, chi glielo ha fatto fare? – si chiedevano angosciati. *Lo* ingannavano, *lo* tradivano. Poi, man mano che l'aria si faceva più cupa, il nemico più vicino, il pensiero dei galantuomini giungeva a una insospettabile evoluzione – *lui* ci ha ingannati, *lui* ci ha traditi – sicché a noi toccò sentire nel 45 gerarchi fascisti, dopo aver ascoltato dalla radio le notizie sui giustiziati appesi a piazzale Loreto, esclamare con appassionata convinzione – questa era la *sua* fine, così doveva finire, ci ha rovinati – e sono gli stessi che con eguale convinzione oggi dicono – perché non lo processano questo Valerio? ma nessuno ancora si decide ad ammazzarlo?

Oltre che del decoro di quasi un secolo di vita, il *circolo della concordia* gode della gloriosa tradizione di dare sindaci al Comune, una volta sola sembrò pericolante la tradizione, ma la persona chiamata alla carica di sindaco, il secondo sindaco dopo la liberazione, subito fece domanda di ammissione al circolo. Sindaci podestà e gerarchi di ogni specie. Ebbe anche l'onore di annoverare tra i soci un agente retribuito dell'Ovra, che per la verità avrebbe potuto far più danno della grandine, invece non fece mai quello che per i soldi che gli davano avrebbe dovuto fare, non lo fece nel circolo, forse fuori qualcosa faceva: ed è questa, bisogna riconoscerlo, una bella prova di concordia. Dentro ad ogni momento scoppiano questioni, spesso le questioni si impennano in zuffe; fuori non trapela mai niente, e subito viene la riconciliazione con bicchierata. Su circa centocinquanta soci, un centinaio almeno son fascisti dichiarati, e tra questi un paio furiosi, da manicomio; una trentina di democristiani; un comunista; gli altri, in maggioranza giovani, stanno tra il socialismo di Saragat e quello di Nenni. È da tener conto però che i fascisti non votano tutti per il Msi, molti vanno alla Dc; i fascisti furiosi sono invece di quelli che sulle schede elettorali scrivono «cornuti tutti» o «viva l'Italia», soltanto la resurrezione di Mussolini potrebbe placarli. L'unico comunista che c'è, non frequenta. Oltre ai pazzi *politici*, il circolo conta tre pazzi, per così dire, normali: uno che studia una trappola elettronica per topi e faine, un altro che ogni anno concorre al premio Nobel con un inedito poema di novemila versi in cui dimostra che la Terra non gira; il terzo, convinto del genio dei primi due, si può considerare il più avanti di tutti. Sono però pazzi tranquilli: il primo si agita solo se qualcuno osa mettere in dubbio che le rocce, del tipo che qui chiamano ferrigno, contengano uranio; l'altro diventa intrattabile nel periodo autunnale in cui l'assegnazione del Nobel si avvicina, furioso ad assegnazione avvenuta; il terzo si riduce con la bava in bocca se sente avanzare il sospetto che i due suoi amici non godano di sufficiente serenità mentale. Più pericolosi sono i *politici*, continuamente lanciano insulti ai traditori della patria, a tutti i voltagabbana, e voltagabbana sono anche quelli che *allora* erano figli della lupa, non parliamo poi di quelli che vestirono l'orbace: e da queste accuse invariabilmente passano all'elogio delle SS, dei campi di sterminio, poco hanno fatto i tedeschi, avrebbero dovuto infornare almeno i tre quarti degli italiani. Non che i galantuomini abbiano sentimento e ragione da opporre alle SS e ai forni crematori: tutt'altro: è la filippica contro i voltagabbana che li scuote, e qualche volta si scende ai casi personali, nasce burrasca; perciò i pazzi *politici* son pericolosi, son capaci di dire anche cose che non si debbono dire in omaggio alla concordia, che qualcuno abbia amato più che la patria la sussistenza dell'esercito patrio, più che il duce i magazzini delle colonie estive volute dal duce.

Dopo la politica, scienza di cui molti soci del circolo si sentono al vertice e fanno previsioni che, verificandosi poi fatti esattamente opposti, si possono considerare attendibilissime; dopo la politica, le donne. I giovani apposta tirano fuori discorsi sulle donne, fingono malinconia considerando chi per l'età più non le può godere. Don Ferdinando Trupia salta su dal divano – ho settant'anni, ma una bella donna la sento da qui alla chiesa del Carmine; voi voglio vedere quando avrete la mia età. I giovani protestano – ma noi in generale parliamo, sappiamo quello che lei è ancora capace di fare. Sì – dice don Ferdinando – son capace di fare cose da pazzi, con una donna. L'altro giorno, a Palermo, sapete che mi disse una donna? Tu meglio di un giovane di vent'anni sei, mi disse, non è una cosa normale, dovresti andare da Coppola (Coppola è il primario della clinica psichiatrica universitaria). Da Coppola, capite? Pare anche a me che non è una cosa normale, proprio voglio andarci, i nervi sono.

Il barone Lascuda leva gli occhi dal giornale, si volge al vicino – lui deve andare da Coppola? E io che dovrei fare? Chiudermi tra quattro mura e non uscire più di casa, questo dovrei fare. Una cosa, ti dico, che non ne posso più. L'altra sera sono andato a far visita a un amico, c'erano tre ragazze che mi stavano intorno, son dovuto andar via perché non ce la facevo più; queste se ne accorgono, pensavo, e che figura ci faccio? Che stai dicendo? – chiede don Ferdinando, vibrante come un diapason nel timore che si mormori di lui – Vai ancora cercando donne? E perché no – dice il barone – Più giovane di te sono, tu sei dell'ottantatre e io dell'ottantasette, te ne sei scordato?

Don Ferdinando si avvicina ad uno dei giovani, mormora – ora ci divertiamo, questo qui raglia sempre di donne, come un asino castrato è, non c'è da credere mezza parola. Poi rivolto al barone – raccontami di queste ragazze, credo di sapere chi sono, forse ti pigliavano a gabbo. Tu non sai niente – dice il barone – né io posso dirti niente; ma per pigliare a gabbo me ce ne vuole, e tu lo sai. Le ragazze mi strusciavano addosso come gatte, una ce n'era con un paio d'occhi, una bocca, e il petto che mi toccava l'orecchio, lei si chinava apposta e il petto mi toccava l'orecchio, qui; era una cosa... poi si è messa a suonare il pianoforte, io le stavo di faccia, in un modo mi guardava...

Sì – commenta acre don Ferdinando – quella voleva venire a letto con te, proprio di te ha bisogno. Ho capito chi è, con la storia del pianoforte che suonava, ma quella caro mio si fa mungere da un ragazzo che ha i polsi così, proprio te doveva cercare. Vuoi che ti dica chi è? vuoi che te lo dica? Gli si accosta all'orecchio – eh – dice poi ad alta voce – diglielo a tutti se non ho sparato giusto.

Ferdina' – dice il barone – hai sparato giusto; ma la cosa è proprio come ti dico, la ragazza con me ci stava: del resto (e con questa abile mossa invariabilmente don Ferdinando diventa suo alleato) a te e a me di queste cose son sempre capitate. Ti ricordi...?

Comincia il giuoco dei ricordi. Tutti ora ricordano: una donna due dieci; tutte le donne dell'Italia del nord sono pazze di desiderio ai piedi di questi uomini; il sud brulica di persiane semiabbassate da cui le donne spiano, un bianco barbaglio di braccia nude e merletti, il passaggio di don Ferdinando con baffi colletto duro e bastone; segreti segnali sventolano ai balconi, portoni furtivamente si aprono, con diabolici accorgimenti i mariti si agguatano. A Bologna, nel 16; a Pinerolo, nel 25; qui, non posso dire quando; e la sorella di un amico; e la moglie di..., non posso dire di chi perché è ancora vivo; e la moglie di Butera, di questo faccio il nome perché è cornuto vecchio; era bionda... aveva occhi!... un petto così... le gambe...

Le mani si muovono a plasmare nell'aria grandi corpi di donne, donne si gonfiano nell'aria come mongolfiere. Non è più uno scherzo ora, tutti ci sono dentro, lo studente ascolta le confidenze del giudice di corte d'appello in pensione, il vecchio dottor Presti racconta a un amico di suo figlio di quando nudo scappò sui tetti, e un marito gli scaricava dietro due colpi di calibro dodici.

Se, nei discorsi che sulle donne si accendono, ogni giorno gli stessi episodi, con restauri ed aggiunte di poca entità, don Ferdinando piglia coscienza, per qualche maldestra frase, che i giovani stanno sfottendolo, subito cambia umore e argomento.

Siete buoni solo a fare questi discorsi – dice – andatevene a fare un concorso, piuttosto, e vi vedrò cadere come le pere marce; sì, al concorso vi voglio, tu e tu e tu – indica quelli che già in qualche concorso sono stati bocciati – una vampata vi fanno fare ai concorsi; a venticinque a trent'anni, se vostro padre non vi mette cento lire in tasca manco le sigarette per la giornata potete comprare. Alla vostra età noi... È risaputo che a venticinque anni don Ferdinando aveva già liquidato una zolfara scappando a Venezia con una ballerina, e a trenta già aveva cominciato a vendere qualche salma di terra; ma i vecchi intorno con faccia accorata annuiscono. Don Ferdinando continua – sì, col governo ve la prendete, coi professori delle commissioni, con l'intrallazzo che c'è. Io al governo, sapete che vi direi? volete un posto?, vi direi: ho un posto per voi, quello che ci vuole, andate a scaricare merci alla stazione o a sterrare nelle strade, la forza l'avete...

I giovani tentano ancora di scherzare – ma se noi ci mettiamo a fare il lavoro dei braccianti, finisce che i braccianti muoiono di fame. No – dice implacabile don Ferdinando – i braccianti li manderei a far scuola, a scrivere negli uffici, certo faranno meglio di voi. Sangue della..., voi forse sapete scrivere? Quando mai si è scritto un italiano come quello che voi scrivete? Uno di voi dieci errori di grammatica ha fatto nella domanda del porto d'armi, credete che non si sappiano certe cose? Se non vi danno la pedata nel culo un posto non l'afferrate di sicuro. Così avete passato le scuole e così arriverete ad un posto, se ci arriverete: col monsignore col deputato col c... che vi f...; non mi fate parlare che poi mi viene il sangue agli occhi e dico anche quello che non dovrei dire.

Anche questa scena quasi invariabilmente ogni giorno si ripete. Dette da un altro, queste cose farebbero nascere tempesta, ma di una sorta di immunità gode don Ferdinando, è un'istituzione, la bocca della verità. Siamo però nella terra dove il pirandellismo ha radici, la verità continuamente muta in don Ferdinando, in ciascuno di noi muta, al tocco dell'opposta verità si consuma; tra poco don Ferdinando penserà a suo figlio, ha il diploma di maestro e fa scuola serale gratis nella parrocchia di san Giuseppe, e dunque dirà l'opposta verità, che i giovani son meglio che ai suoi tempi, hanno più senno, son vecchi per le preoccupazioni che hanno, umiliati; e non è colpa loro se hanno avuto bestie di professori, quasi tutti fascisti, i professori – e che volete che insegni un professore che è fascista? un fascista né storia né geografia conosce, non li sentite i discorsi che fanno?

Per don Ferdinando storia e geografia fanno la spina dorsale della scuola, il suo slogan abituale è che Mussolini non poteva vincere la guerra perché non sapeva di geografia – rileggetevi il discorso di quando ha dichiarato guerra all'America – dice. E non gli si può dare torto.

Don Ferdinando gode di immunità anche quando pronuncia sul fascismo gagliardi giudizi di condanna, e poi don Ferdinando è antifascista ma monarchico, durante il fascismo ce l'aveva col re, ora che il re se n'è andato è diventato monarchico perché è sicuro che il re non ritornerà più, si è così assicurata una posizione *contraria* per tutta la vita. È anticomunista per «ragioni di famiglia»: il nome di Togliatti lo fa saltar su come un gatto arrabbiato. Per il resto – dice – i comunisti non mi fanno né freddo né caldo; se dobbiamo spartire, spartiremo tutto, anche le donne; e a me, oltre mia moglie, me ne toccheranno un paio. In verità è ossessionato dal fatto che i comunisti danno la terra a chi la lavora.

Don Ferdinando è l'essenza stessa del *circolo della concordia*, spirito e memoria del circolo, statuto e prassi. Ha una specie di teoria razzista, per lisciare un socio dal verso del pelo o per conoscerne segreti difetti e debolezze, gli basta estrarre dalla memoria la cartella genealogica: il padre la madre i nonni gli zii. Ha formidabile memoria. Di uno diffidente e di testarda ignoranza dice – questo è tutto suo nonno, suo nonno non volle mai credere che i treni andavano per la forza del vapore; quando lo portarono alla stazione a vedere il primo treno che passava, lo guardò bene con gli occhi che li aveva quanto un grano e disse – non mi fottono, i cavalli li avranno messi dentro. Di uno che pacificamente sopporta le corna – è come suo zio; suo zio si mise in testa di sposare una di quelle, io gli dicevo – lascia perdere, è stata l'amante del delegato del pretore di don Luigi Crisci e del sagrestano della Matrice – e sapete che mi rispose? – Ferdina', ho deciso, me la sposo e li faccio cornuti tutti. In un aneddoto condensa un carattere, dà a fatti anche insignificanti lo stile e il taglio di un racconto; ascoltarlo nelle lunghe serate di noia è l'unica cosa che un uomo saggio possa fare a Regalpetra.

Contro la Dc che, ci tiene a dirlo, non gli ha fatto niente di male, don Ferdinando ha un vocabolario tutt'altro che castigato: e a noi non conviene trascrivere quelle sue espressioni in cui certe parti del corpo umano che meno amiamo nominare entrano a far giuoco assoluto, a momenti addirittura surreale. Di solito gli argomenti si svolgono e succedono secondo quest'orario: dalle undici alle tredici, il fascismo la guerra la Germania che risorge; dalle diciassette alle diciannove, le donne; dalle diciannove in poi i contributi unificati la Dc il governo. Verso le diciannove c'è sempre qualcuno che dà fuoco alla miccia dei contributi unificati, don Ferdinando si accende come una di quelle macchine che in bellezza concludono i fuochi d'artificio, tutto razzi girandole cascatelle e spaccate di bestemmie imprecazioni e apprezzamenti di natura sessuale ai funzionari e ai governanti diretti; tiene però a dichiarare, tra tanta furia, che lui paga per quanto deve pagare, personalmente non ha subìto soperchierie, con lui tutti camminano su una lama. Placatasi l'eruzione di don Ferdinando, comincia una discussione generale sulla Dc e sul governo. Il circolo si divide in due categorie, non considerando la terza, figli di famiglia che studiano o aspettano il posto: la prima, tradizionale e tradizionalista, fatta di piccoli proprietari che vivono di magre rendite, e sono i figli e i nipoti di quelli che formavano il circolo *dei nobili*; la seconda fatta di nuovi arrivati, impiegati dello Stato o del Comune, in maggioranza maestri. I veri galantuomini, si capisce, sono i primi: non hanno redditi superiori alle cinquecento-settecentomila lire annue, ogni aumento delle tasse fondiarie e dei contributi li colpisce come una castrazione, gridano di dolore e di rabbia; e poiché par loro che l'aumento delle imposte avvenga dietro le istanze d'aumento degli stipendi che i sindacati vanno formulando, finisce che il proprietario si considera come borseggiato dall'impiegato che gli siede vicino, peraltro ottimo amico e compagno di scopone. D'altra parte la Dc e il governo sono ugualmente vituperati dall'una e dall'altra categoria: per le tasse che aumentano, e per i miglioramenti che cadono col contagocce, mai niente risolvono, appena sentono degli aumenti di stipendio i bottegai crescono i prezzi; e finisce che gli operai i contadini i disoccupati ne pagano lo scotto, e i piccoli proprietari. Succede per esempio questo: le tasse aumentano, il prezzo del grano cala, il prezzo del pane va su. È da dieci anni che il gran momento dei bottegai non accenna a finire.

Ma raramente il segretario della Dc dà modo di fare esaurire gli sfoghi contro il suo partito e il governo, una sorta di sesto senso possiede, un fiuto, sempre quando un discorso sulla Dc ribolle lui vi piomba dentro, arriva sempre in tempo, lo sente nell'aria se il discorso cade o si mimetizza. Il domatore che entra nella gabbia delle belve e giù uno schiocco di frusta, l'immagine è vecchia e indecorosa: ma come rendere il ringhio di don Carmelo Mormino che rientra nel guscio della poltrona?, l'improvviso mutar discorso del dott. La Ferla?, il «però» che sulle labbra di don Antonio Marino affiora dall'invettiva e apre un solleticante elogio della Dc? Il segretario, che senza la viltà del mondo che lo circonda sarebbe certamente un uomo migliore e un più accorto dirigente, comincia a snocciolare tutte le opere pubbliche avviate e progettate, racconta i suoi incontri con deputati e gerarchi del suo partito, quel che gli hanno promesso, i provvedimenti che saranno varati. Quasi tutti approvano, dicono – questa ci voleva, bene, mi compiaccio – poi quando il segretario si allontana respirano di sollievo, il discorso contro la Dc violentemente divampa.

Nessuno di questi *don* è ricco, i ricchi si trovano nel *circolo del mutuo soccorso*, una società operaia che è venuta trasformandosi, ora ci sono commercianti e industriali del sale; il più ricco dei *don* non possiede più di dieci salme di terra. Ma i soci del *circolo della concordia* continuano ad essere «il sale della terra». La prova che la ricchezza è svanita, benché continuino ad abitare case vecchie e decorose a mantener il garzone o la donna a mezzo servizio a vestire dignitosamente e a mandare i figli a studiare fuori, la prova è che i galantuomini giuocano poco, in un anno il circolo non incassa più di cinquecentomila lire di tasse sul giuoco, né si tengono banchi superiori alle quarantamila lire, anche nei momenti più appassionati, sotto le feste natalizie. Nell'altro circolo invece, nel giuoco della zecchinetta che ora i galantuomini disdegnano, corrono milioni. E dire che qui ci sono giuocatori nati, di quelli che manderebbero in fumo un feudo per una puntata: ma la lezione di stento che ogni giorno ricevono dalla vita, il dover far conto quotidianamente della lira, vince l'atavico istinto del rischio, la febbre del giuoco evidente nel movimento delle mani e nello sguardo lucido; nonni e padri in queste sale bruciarono intere fortune, loro non possono azzardare più di diecimila lire.

Al tavolo da giuoco ciascuno rivela superstiziose manie. Disposti a deridere la credenza nelle iettature fatture malocchi e làstime, sotto sotto morbosamente ci credono; e al tavolo da giuoco senza inibizioni lo dimostrano. Allo stesso modo credono in Dio: come toccano ferro e cavano di tasca il corno contro la iettatura, così vanno ogni domenica a messa, non si sa mai, se Dio c'è meglio mettersi al sicuro, se non c'è non costa poi molto passare mezz'ora in chiesa: senza dire che per le donne, per la propria moglie e le proprie figlie, la morale della chiesa è buona, per le mogli e le figlie degli altri un po' meno, la vita ora è diversa, più libera, il progresso non si può fermare, gli stessi diritti dell'uomo bisogna riconoscere alla donna. Vanno ogni domenica a messa ma non amano i preti, dicono dei preti cose di fuoco; ma se viene il vescovo la cosa cambia, per ascoltarlo si mettono nelle prime file in chiesa, lo invitano al circolo, gli baciano la mano: ogni volta che viene il vescovo bruciano di fede come torce a vento.

Alla fame intellettuale del galantuomo basta «La Domenica del Corriere»; ma in questi ultimi tempi hanno guadagnato terreno «Oggi» e il «Reader's Digest». La lettura di due o tre libri restano le fatiche memorabili di tutta una vita: la più recente fatica riguarda *Navi e poltrone* di Trizzino. Per quanto riguarda l'arte, le esclamazioni – questo sì che è un artista! altro che Picasso! – lanciate di fronte ad una riproduzione di una scultura di Canonica o di un quadro di Annigoni non ci sorprendono; e *La tunica* resta, naturalmente, il più bel film del mondo. Parlare ad un galantuomo di *Ladri di biciclette* è come parlargli di Parri della Resistenza della Repubblica: e bisogna in ciò riconoscere una granitica coerenza.

Questa è la più terribile caratteristica del tipo umano che, con parola che va cadendo dall'uso, chiamiamo galantuomo: la coerenza. E questo tipo umano passa dalla poltrona del circolo a quella del Consiglio comunale dell'Assemblea regionale del Parlamento del Governo: leggeremo sotto la sua fotografia, nei giornali, che è di sinistra di centro-sinistra del gruppo di «rinnovamento» o di quello di «nuova giustizia»; noi non gli faremo il torto di scalfire con questa nomenclatura la sua marmorea coerenza. La Sicilia, ancora per molti anni, conoscerà la coerenza di questi uomini.

SINDACI E COMMISSARI

L'Ente Comunale di Assistenza paga a novecentoventicinque poveri un assegno mensile di settecentosessantaquattro lire. Il presidente, che è un giovane democristiano candidamente convinto che tutto ciò che Fanfani dice contro le cricche e il profittantismo è possibile cominciare ad attuarlo a Regalpetra, mi dice che avrebbero diritto all'assistenza tremilacentotrentacinque persone, un buon quarto della popolazione, ma i soldi mancano, e poi le settecentosessantaquattro lire al mese niente risolvono, così pare a noi, ma certo che è diverso per il povero che almeno per un giorno si trova in mano settecentosessantaquattro lire, per tutto il mese aspetta quel giorno. Domando se nei periodi elettorali il numero degli assistiti viene aumentando stante che l'ECA è in mano ai democristiani, inutile fare una domanda simile dove la commissione dell'ECA, che viene eletta dal Consiglio comunale, è formata da comunisti e socialisti. Il presidente ammette che così si è fatto per il passato, ma il giuoco si è rivelato controproducente, appena correva voce che altre unità venivano aggiunte al ruolo i poveri si muovevano come vespe, e non solo i poveri, tutto il paese chiedeva assistenza, anche gente che ha salme di terra; e quando la commissione decideva per il no, gli scartati diventavano irriducibili nemici della Dc, mentre a lasciar le cose come stanno la gente persino dimentica che c'è l'ECA. Poiché siamo in periodo elettorale, la campagna per le elezioni regionali sta per aprirsi, il presidente mi dichiara che anche se gli manderanno quattrini o prugne secche per assistenza straordinaria, farà distribuzione a risultato elettorale scontato, pare veramente deciso, cordialmente me ne rallegro.

In gran parte gli assistiti sono vecchi, specialmente donne che vivono sole, hanno i figli nel Belgio o in Francia o nel Canadà, i figli raccontano sempre nelle lettere che non guadagnano molto, niente possono mandare, solo a Natale o a Pasqua mettono nella lettera un biglietto da mille franchi o da cinque dollari; le vecchie stanno in casa, non sono più capaci di lavorare, si guardano le mani ridotte come radici; su una sedia, davanti la porta di casa, si lasciano morire.

Appunto a causa dell'emigrazione il numero dei vecchi che vivono soli è sorprendente, non saranno molti i paesi che hanno tanti vecchi come Regalpetra. Se, vivendoci, non ve ne siete mai accorti, mettetevi nel giorno delle elezioni nell'atrio delle scuole, state attenti alle macchine che arrivano, hanno sul radiatore lo scudo crociato o la fiamma, scaricano continuamente vecchi, gli accompagnatori li guidano alle sezioni, spesso sono gli accompagnatori che votano per i vecchi, consegnano al presidente del seggio un certificato medico, la mano dei vecchi è come un ramo secco stroncato. Anche vecchi strambi le macchine scaricano, ne succedono di curiose; qualche presidente di seggio, o gli scrutinatori comunisti, a volte non vogliono restar fessi, il dubbio sollevano che il vecchio accompagnato dalla suora o dal giovane attivista non sia in condizioni di intendere, fanno qualche domanda al vecchio. Uno ha risposto una volta che veniva a dare il voto perché il barone grande glielo aveva chiesto – Carme', mi ha detto ieri sera, il voto a Gancitano glielo devi dare, fai il conto di darlo a me – e veramente questa raccomandazione il barone grande gliela aveva fatta, ma cinquant'anni prima. Niente capiscono i vecchi di quello che succede, al più sanno che bisogna votare per la croce, o per il principino che è padre di tutti, e orfani ci hanno lasciati mandandolo via, o per il fascio che era buona cosa e teneva ordine. Arrivano boccheggianti sulle macchine, scendono sospirando – Signore, è per voi che lo faccio; Madonna santissima, voi lo sapete perché son venuto – o se portati da macchine dei fascisti e dei monarchici, colti da improvvisa diffidenza dopo lo sbaraglio di quel viaggio in automobile, chiedono – ma torna di sicuro il principino?; ma Mussolini non è morto? – suscitando l'ilarità dei comunisti, che non usano fare questo servizio di macchine e se ne stanno attruppati davanti le sezioni per godere lo spettacolo di questo che chiamano *trasporto di cadaveri.* Ma fascisti e monarchici qualche volta son fatti fessi dai vecchi, già segretamente istruiti dagli attivisti democristiani e dalle orsoline; i vecchi si fanno scarrozzare da loro e poi per la croce votano. Capitò ad un missino di portare una vecchia a votare, il voto lo credeva certo, invece passando davanti alla chiesa sente la vecchia che dice – o santa chiesa, è per voi che faccio questo passo – restò allocchito il missino, gli toccò portare un voto alla Dc.

Tremilacentotrentacinque poveri sono troppi per un paese di circa dodicimila abitanti; ma son poveri, come si dice, *ritirati,* non rovesciano nelle strade lo spettacolo della loro miseria, in silenzio la soffrono, solo tre o quattro mendicanti tessono le strade, e forse sono quelli che meno hanno bisogno, il mendicare è come un vizio. Al presidente dell'ECA domando che cosa crede mangino questi poveri, mi risponde – in media, mezzo chilo di pane, un pugno di *minuzzaglia* (*minuzzaglia* è il residuo dei pacchi di pasta, e i bottegai la vendono a prezzo ridotto), cinquanta grammi di verdure di campo. Accade che se la Pontificia Commissione distribuisce del burro o se l'ECA dà scatole americane di carne, i poveri queste cose subito vendono, dicono che a mangiarle ci vuol pane a volontà, e loro è il pane che non hanno; qualche povero che sa di lettere dice che a mangiare carne e burro rischierebbe di fare la fine di Bertoldo, che come è noto morì per non aver più potuto, alla corte di Alboino, nutrirsi di rape e fagioli.

I poveri nel bilancio del Comune, alle voci *spedalità, medicinali, casse e trasporti funebri* pesano per circa tre milioni, il bilancio è sempre deficitario, e dunque a giudizio degli amministratori questi tre milioni maledettamente pesano. Tra l'altro, questa somma non volontariamente gli amministratori mettono in bilancio, né sono i poveri che risiedono nel Comune ad avvantaggiarsene; sono i regalpetresi che risiedono a Roma, li trovi nelle vecchie e oscure case di via del Governo Vecchio o a Tormarancio, intrallazzisti di tabacco negli anni aurei del dopoguerra e oggi ripiombati in quella miseria da cui per due o tre anni riuscirono ad evadere; sono i regalpetresi di Roma Torino e Milano che pesano sulla voce *spedalità*; finiscono in ospedale e gli ospedali di Roma Torino e Milano mandano il conto al Comune di Regalpetra, circa due milioni assorbono ogni anno questi emigrati per spese di ospedale. Un milione va invece per medicine tabuti e carro funebre ai poveri che nel paese risiedono. È una cosa triste vedere il carro dei poveri attraversare il paese, c'è la scritta *servizio comunale*, e non va a passo lento come quando fa servizio per gente che paga, anche il cappellano ha un po' di fretta. Uno ne ho visto in una giornata di gran sole, il paese calcinato nella luce, veniva il carro per il corso, il prete nero dieci passi avanti, poi il carro col tabuto sopra, quattro assi di legno bianco, come una cassetta d'imballaggio; un uomo e un bambino dietro al carro, l'uomo piangeva e il bambino guardava intorno il corso deserto nel sole, le botteghe che si chiudevano man mano che il carro avanzava, così qui si usa fare al passaggio di un morto.

A scorrere l'indice delle deliberazioni, dal 44 ad oggi, frequentemente si trova la dicitura *approvazione della spesa per casse funebri dei poveri*; in verità con meno frequenza in questi ultimi anni, i vecchi si privano di tutto pur di mettere da parte qualche migliaio di lire per il carro funebre e la tomba decennale, hanno l'incubo di quel carro con la scritta *servizio comunale* e della tomba con la croce di ferro e il numero, vogliono andarsene con decoro, avere sulla sepoltura un pezzo di marmo con nome e cognome. Gli amministratori, che contano i poveri al momento della morte, quando hanno bisogno delle quattro assi inchiodate e del carro funebre, ne approfittano per dichiarare con soddisfazione che *poveri non ce ne sono più*. Per quelli che sono poveri da vivi (ma davvero ce ne sono? – si chiedono i galantuomini – se è difficile trovare una donna di servizio, un ragazzo!) del resto c'è l'ECA, e l'ECA abbiamo visto quello che dà, in più qualche piccola assistenza che chiamano *straordinaria* per casi di malattia o per l'improvvisa atroce rivelazione di un caso di assoluta miseria, non più di trentamila lire in un mese si possono *straordinariamente* dare. Ma che i poveri ci siano o meno, gli amministratori che dal 44 ad oggi si sono avvicendati al Comune non hanno avuto tempo di accorgersene, ben altro hanno avuto cui pensare.

Il sindaco del 44, l'uomo tirato su dagli americani, lo ammazzarono la sera del 15 novembre di quell'anno; era sera di domenica, la piazza piena di gente, gli appoggiarono la pistola alla nuca e tirarono, il sindaco aveva intorno amici, nessuno vide, si fece vuota rosa di paura intorno al corpo che crollava. Era un uomo che aveva molti nemici, per tutta la vita trascinò liti dalle preture alla cassazione, persino aveva litigato con uno dei capi della mafia siciliana, furono soci in una speculazione mineraria e poi nemici. Gli americani, che subito si abbandonarono ai consigli dei vecchi uomini politici sopravvissuti più ai compromessi che alle persecuzioni del fascismo, designarono quest'uomo a sindaco di Regalpetra, gli rovesciarono davanti un mucchio di am-lire, lo investirono di assoluta autorità. Nonostante le liti e il resto, forse avrebbe potuto campare fino a morire di apoplessia, ché prevedibilmente a una simile morte lo portava la sua natura sanguigna e collerica; ma i suoi amici gli amici dei suoi amici e gli americani a più violenta morte lo destinarono chiamandolo a quella carica.

Nel pomeriggio il sindaco aveva avuto briga con un disoccupato, uno zolfataro non privo di precedenti penali, chiedeva lavoro o assistenza, il sindaco in malo modo gli rispose: e poiché lo zolfataro insisteva, un amico del sindaco dovette intervenire a mettere a posto il seccatore. Tre ore dopo il sindaco faceva macchia, nella luce avara che davano le botteghe, sul lastricato: ancora c'era l'oscuramento, si distingueva l'impermeabile chiaro del sindaco sul lastricato scuro di pioggia.

Il maresciallo dei carabinieri era un tipo svelto, a volo capiva le cose, non perse un minuto: andò in casa dello zolfataro e lo tirò fuori dal letto; l'uomo era un pregiudicato, qualche ora prima aveva provocato il sindaco e l'amico del sindaco, era stato messo a posto, subito dunque era corso alla vendetta.

Lo zolfataro sta scontando 24 anni di carcere, che tanti gliene diedero nel processo indiziario che seguì, e io ancora convinto non sono. Ma attraverso gli indizi forse i giudici son giunti a ricostruire il delitto con tale approssimazione da consentire sicura coscienza nella condanna. Io conoscevo quell'uomo, ad attribuirgli un furto non avrei avuto dubbio, mai avrei creduto fosse capace di uccidere. Ma tutti possiamo sbagliare, io o i giudici, oso dire che anche un maresciallo dei carabinieri può sbagliare; perciò tremo al pensiero di dover giudicare, e una volta che mi avevano intombolato nella scelta dei giudici popolari davvero ho tremato, fortuna che sempre avverse mi sono state le tombole.

Si racconta che il sindaco degli americani, dopo aver assunto la carica, abbia detto al ragioniere del Comune – noi dobbiamo semplificare le cose, via tutti 'sti registri, basta un quaderno: lei annota le spese, e i soldi li tengo io. Questo mi dispensa dall'illustrare i meriti della sua amministrazione, al massimo semplificata tranquillamente trascorse, e un solo incidente la turbò: una sassaiola che la gente, un giorno che il pane più del solito mancava, tenne contro i balconi della sindacale residenza. Dico un solo incidente perché dell'altro il sindaco non fece in tempo ad accorgersi che era già morto.

Accompagnando il sindaco al cimitero, mentre i suoi amici giuravano sul tabuto la certa punizione del colpevole ed esaltavano le chiare virtù dell'estinto, la gente già si poneva il problema della successione. Per la prima volta si sentiva parlare del Comitato di Liberazione, già da qualche tempo in Sicilia erano in funzione, ma a Regalpetra il sindaco aveva poteri da stato d'assedio, nessuno aveva mai osato parlare dei Comitati di Liberazione. Frettolosamente costituito, il Comitato affrontò il problema della successione. Regalpetra è un paese difficile, una decisione che richiede l'accordo di più di due persone difficilmente matura: perciò, ad evitare incresciosa lotta intestina, il Comitato si mise d'accordo su un sindaco non regalpetrese; un naturalizzato, per così dire. Sempre a Regalpetra i forestieri hanno avuto fortuna, il paese ha una tradizione di ospitalità generosa, addirittura una passione: basti dire che lo statuto del *circolo dei civili*, terribilmente rigoroso in quel che riguarda l'ammissione a soci dei *nativi*, ammette con la semplice formalità di una domanda i forestieri.

Il sindaco non regalpetrese stette circa sei mesi ad amministrare il Comune, poi il gusto di cambiare la vinse sulla xenofilia: il Comitato di Liberazione depose il sindaco che sei mesi prima aveva eletto, e quel poveruomo lasciò ad un ex capitano dell'esercito il posto che tra tante tribolazioni aveva tenuto: infatti ne usciva con un guadagno secco, una sua vigna giovane, e che prometteva, per sfregio gliel'avevano stroncata, un notturno lavoro di esperti. L'ex capitano che uscì sindaco dal laborioso conclave del Comitato di Liberazione era onesto con pignoleria, in tutto corrispondeva all'immagine che un tempo i borghesi si facevano del militare di carriera, puntualità scrupolo testarda decisione, personalmente distribuiva il pesce secco e lo zucchero dell'UNRRA; e in effetti il compito di un sindaco, in quei mesi, si esauriva o nel fare scrupolosa distribuzione del pesce secco o dello stesso pesce secco abilmente stornare qualche barile per il mercato nero. Il pensiero che qualche assessore potesse aver voglia di baccalà, per uso familiare o di intrallazzo, toglieva il sonno all'ex capitano; e gli assessori si inquietavano a sentirsi oggetto di così insonne diffidenza, non che volessero agguantare qualche sparato di merluzzo, solo la diffidenza li inquietava. In questo giuoco di palese diffidenza e di mormorati risentimenti, si giunse alle prime elezioni amministrative; né il popolo mostrò di apprezzare più degli assessori gli scrupoli del sindaco: la lista della Democrazia del Lavoro, capeggiata dall'ex capitano, ebbe nelle elezioni amministrative del 45 poco più di mille voti; altrettanti ne ebbero i comunisti, e circa quattromila la lista che aveva come contrassegno lo scudo crociato la stella dei liberali e l'Uq di Giannini.

A questa concentrazione di democristiani liberali e qualunquisti si giunse per desiderio della Dc, che aprì le trattative. Un ex questore del regno, pezzo grosso della Dc provinciale, condusse a buon porto la difficile impresa; difficile non perché vi fossero, come si può credere, scrupoli di natura politica, questi scrupoli in Sicilia appaiono ridicoli: individui più o meno onesti, e famiglie amicizie vecchi e nuovi rancori, questo fa giuoco in quella che altrove è lotta politica. Difficile era l'impresa appunto perché lo schieramento nei partiti avviene per invincibili fatti personali, se uno che non mi è amico prende la decisione di mettersi in un partito io non posso che scegliere il partito opposto, e così via. In principio faceva giuoco anche il Pc, chi aveva nemici nella Dc trovava nel Pc il punto estremo ed opposto in cui collocarsi; poi l'impressione che il Pc dovesse scadere dalla legalità, il timore di restare scoperti dentro un partito destinato non soltanto *a non vincere mai*, ma ad assedi e persecuzioni (nel sogno del cosidetto *uomo d'ordine* c'è per i comunisti una specie di notte di san Bartolomeo; *l'uomo d'ordine* ama dire – i comunisti io li ramazzerei in una nottata – non dice come, vuole *carta bianca*), questa impressione e timore esclusero il Pc dal giuoco.

Comunque, l'ex questore brillantemente superò le difficoltà: i tre partiti, o meglio i tre gruppi, si accordarono; venne varata una lista di cui facevano parte un ex podestà, un seniore un centurione un paio di capimanipolo della defunta milizia, fascisti della prima ora e antifascisti dell'ultima, membri del Comitato di Liberazione si trovarono insieme a persone che avevano subìto processo d'epurazione. Vero è che democristiani e liberali, dentro i Comitati di Liberazione, si erano esclusivamente dedicati al salvataggio dei naufraghi fascisti, ma la concentrazione riusciva egualmente strana. Un po' dovunque, in Sicilia, accaddero di queste cose: fin dal principio la Dc fece pessima pedagogia, un partito che veniva fuori dalla lotta contro il fascismo, e dei fascisti non si sentì di fare a meno. Il fatto è che la popolarità di cui sembrava godere qualche ex podestà o gerarca fascista (in vent'anni anche persone oneste e stimate ebbero modo e occasione, tentazione o paura, di scendere nelle file fasciste) impressionava i democristiani che, come poi hanno continuato, non hanno mai voluto correre dei rischi, vincere ad ogni costo vogliono, non badano alle persone e ai mezzi di cui si servono, star dentro in spinosa compagnia è meglio che star fuori soli: e con le alleanze effettuate nel sud per le prime elezioni amministrative la Dc cominciava a digerire, con le congestioni e le dispepsie che tutti sanno, i resti del fascismo.

L'ex podestà di Regalpetra, per cui si volse il tempo dell'ex questore del regno, godeva di una effettiva popolarità, era stato generoso ed onesto, amministrando il Comune ci aveva rimesso del suo; in tempi di proverbiale rapacità, quest'uomo metteva mano ai suoi soldi per le pubbliche spese, forse nemmeno Mussolini lo avrebbe creduto. Con lui nella lista, la Dc era sicura della vittoria. Tra l'altro, benissimo i democristiani sapevano della legge che poneva l'ineleggibilità dei gerarchi fascisti, dell'ex podestà in mala fede si servivano per uccellare gli elettori; e l'ex podestà, che non ignorava la legge, ci stava solo per conseguire un risultato personale, dopo aver subìto un processo d'epurazione, ci teneva a dimostrare che stima e rispetto non gli erano venuti meno. E il risultato fu davvero soddisfacente.

Il Consiglio comunale, con ventitre consiglieri di maggioranza e sette di minoranza (tutti della Democrazia del Lavoro), per esser venuto meno l'ex podestà, che era il solo capace di mantenere equilibrio in una maggioranza male assortita, si trovò fin dal principio in burrascosa disgregazione. Fu eletto sindaco un medico di parte democristiana; ma non durò molto. Poi un avvocato *indipendente*, ex seniore della milizia, che tirò avanti per due anni, in un paradossale giuoco di combinazioni e di alleanze. Infine la situazione si cristallizzò: i consiglieri democristiani divennero la minoranza d'opposizione, la minoranza della Democrazia del Lavoro si divise tra la maggioranza liberalqualunquista e la fazione democristiana. A questo punto, con i democristiani all'opposizione, al prefetto apparve chiara la necessità di decretare lo scioglimento del Consiglio comunale di Regalpetra: ed era tempo, le sedute del Consiglio diventavano uno spettacolo, se ne lamentavano gli esercenti del cinematografo, la gente diceva – stasera c'è Consiglio – pregustandone lo spasso, i contadini tornavano in paese qualche ora prima del solito per non perdere lo spettacolo, circolavano versi in dialetto in cui situazioni e caratteri offerti dalle sedute del Consiglio trovavano comicissima luce.

Chi ha la semplicistica idea che un buon servizio annonario e igienico, una giusta applicazione delle tasse e un buon impiego di esse nei pubblici servizi siano le attività ad un sindaco pertinenti, vuol dire che è privo di sufficiente fantasia, e mai dovrebbe provarsi ad amministrare un paese come Regalpetra. L'ex seniore, che aveva fantasia, era l'uomo che ci voleva; e i suoi assessori non erano da meno. La situazione del Consiglio si rispecchiava infatti nella Giunta: poiché la Giunta è formata di cinque persone, e a Regalpetra è quasi impossibile metterne d'accordo più di due, come già si è detto. Il sindaco, che era avvocato, mise in funzione le sue batterie professionali, cominciò a prodigare querele e denunce ad assessori consiglieri e impiegati municipali: ma non per reati di peculato e malversazione, quasi sempre per oltraggio. Quando il sindaco disse in Consiglio che non riteneva opportuno aumentare, come la legge raccomandava, gli stipendi ai dipendenti comunali, e che questi erano già *ricchi* e il popolo nella miseria, un consigliere giudicò demagogiche le parole del sindaco: fu denunciato. Un assessore fu denunciato perché il rifiuto del sindaco a riunire la Giunta aveva definito come *atto di mafia*, e il bello fu che al processo che ne seguì, pur ammettendo l'imputato di aver pronunciato quella frase, il giudice diede assoluzione per *insufficienza di prove*, un processo memorabile, accusato accusatore e pubblico ancora si chiedono quali mai prove potesse volere il giudice.

Il sindaco, costantemente oltraggiato, con pari costanza faceva appello alla legge; e tutti i consiglieri si ridussero a portare in tasca i breviari, diritto amministrativo e diritto penale, anche i calzolai e i borgesi che avevano avuto la ventura di essere eletti consiglieri avevano acquistato competenza in diritto amministrativo e conoscevano sulla punta delle dita gli articoli del penale relativi a diffamazione oltraggio calunnia e offesa a pubblico ufficiale. Diventato com'era accademia di garbugli legali e di sottilissime interpretazioni giuridiche, il Consiglio non poteva che suscitare l'appassionato consenso dei regalpetresi, in loro si agita sofistico spirito, amore alle leggi per il giuoco sofistico che dalle leggi si può far scaturire; il regalpetrese che si reca in città per sbrigare un affare o per avere un documento, se mezz'ora libera gli resta, va a passarla in tribunale, a rischio di perdere il treno, se il processo è interessante senz'altro lo perde. Sparse perciò delusione e astio il prefettizio decreto di scioglimento, la Dc che aveva provocata la decisione riscosse odio, il sindaco uscente ebbe aureola di vittima. Ma molti consiglieri respirarono, con un piede nell'aula consiliare e l'altro nel carcere di san Vito si sentivano, qualcuno sortiva da quel guazzabuglio di Consiglio con *le carte macchiate*, nero su bianco nel cartellino penale.

Il consigliere di prefettura che venne ad amministrare il paese fino a nuove elezioni chiamò a vice commissario il locale segretario della Dc, vittorioso protagonista dell'operazione di scioglimento del Consiglio comunale: insieme lavorarono a dimostrare quel che un amministratore saggio, e democristiano, poteva ottenere in lavori pubblici e assistenza dal Governo centrale e da quello regionale. Regalpetra ebbe una piazzetta a mattonelle di asfalto, un centinaio di metri di fognatura, un po' di assistenza ai disoccupati: ma il «focatico», una delle tasse comunali più odiose per gli arbìtri e le ingiustizie che agli amministratori consente, smorzò l'effetto che sui regalpetresi faceva la piazzetta a mattonelle. Il pauroso deficit del bilancio comunale non poteva essere in qualche modo colmato che dal *focatico*; ma il disciolto Consiglio, in gran parte composto di persone che questa tassa avrebbero dovuto pagare, aveva fatto acrobazie di ogni genere per non deciderne l'applicazione; i poveri non pagano *focatico*, circa mille famiglie venivano ad essere esentate; a chi possiede non va giù questa specie di privilegio, tutti uguali siamo di fronte alle tasse, chi possiede ha questo gagliardo senso dell'uguaglianza: mettiamo la tassa sulla vendita al minuto del vino della frutta, cose che compriamo tutti, tutti dobbiamo pagare. In effetti, in un paese come questo, chi ha terre al sole non compra niente: il pane il vino l'olio, il pollame e la carne di castrato, le verdure e la frutta, tutto gli viene dalle terre che possiede; perciò ci sono tasse che soltanto il povero paga, e queste tasse il Consiglio preferiva incrudire, mai far ricorso all'odioso *focatico*.

Per avversione alla nuova tassa dal commissario prefettizio applicata (e, per la verità, applicata con lodevole imparzialità), per odio alla Dc, e più che alla Dc ai parenti dell'arciprete che localmente ne reggevano le sorti, fecero blocco per le nuove elezioni amministrative fascisti del Msi e fascisti indipendenti, socialisti comunisti e indipendenti di sinistra: faceva un bel vedere l'ex seniore della milizia a capolista di una compagine così paradossalmente assortita, ma nei paesi nostri se ne vedono di tutti i colori, nemmeno quelli che passano per intellettuali ci fanno caso. L'avvocato ex seniore, ferito dal provvedimento prefettizio di *deposizione*, si tuffò nella battaglia elettorale con rinnovata energia. L'avvocato è uomo arguto, di divertente conversazione; divertente è la conversazione in cui tutte le spiacevoli verità sulle persone che conosciamo fioriscono, e se non le verità i maligni sospetti, e se nemmeno i sospetti ci sono bello è che la fantasia ci soccorra. Ma all'avvocato non era necessario il soccorso della fantasia: a parte i pregi personali dei candidati della Dc che, fuor d'ironia, son davvero pregi dentro una determinata «società», l'avvocato aveva un debole per le parentele e le genealogie, tutte le piccole e grandi macule conosceva delle famiglie dei candidati, dalle figlie in età d'essere promesse e i cui piccoli amori tra la finestra e il vicolo non erano ignorati, alle gesta non proprio edificanti degli avoli. L'arciprete ne uscì trafitto come un san Sebastiano, solo che l'arciprete bello non era. C'era un dolce tempo di primavera, fino alla mezzanotte l'avvocato parlava, da un balcone alto piacevolmente intratteneva la folla, inesauribile era la sua indagine genealogica; persino le donne scendevano in piazza a sentirlo. Una sera dopo l'altra, le quotazioni della lista del cavallo alato, ché tale contrassegno l'avvocato aveva scelto ispirandosi alla moneta da dieci lire, sicuramente salivano; i democristiani, la cui campagna poggiava sul problema idrico risolto e su quello delle fognature da risolvere, sentivano già fischiare il vento della sconfitta. Ma venne in loro aiuto il tempo già estivo, le fave mietute erano nere e secche nella campagna, tempo era della *pesa*. L'ultima votazione, che era stata quella del 48 per la Camera e il Senato, era durata la giornata della domenica e fino alle dodici del lunedì, forse i contadini la presero comoda pensando che anche in questa c'era la mezza giornata del lunedì, fatto sta che molti contadini non vennero dalle campagne. Quelli della lista del cavallo alato se ne accorsero tardi, i contadini erano tutti dalla loro parte, forse all'ultima ora tentarono di bandire l'allarme nelle campagne. Alle dieci di sera gruppi di contadini stavano dietro le porte delle sezioni, su dieci seggi otto implacabilmente chiusero, i contadini restarono a sacramentare col certificato in mano. I presidenti di seggio che alle dieci decisero di chiudere salvarono la Dc che stava per affogare; ma fu vittoria per appena mezza ruota.

Il nuovo Consiglio comunale veniva ad essere formato da ventitre democristiani (e c'è una fatalità anche nei numeri) e da sette fascisti e comunisti. Era stabilito, tra i democristiani, che dovesse uscir sindaco o il locale segretario del partito o il vice, tra loro facevano complimenti, ciascuno meno degno dell'altro si dichiarava, reciprocamente le qualità ad un sindaco adatte si riconoscevano. Finì che litigarono, perché appena uno mostrò di cedere ai complimenti e alle preghiere, subito l'altro decisamente pose la propria candidatura. Ad evitare il caos, il segretario rinunciò in favore del vice. Con questo antefatto si apre la vicenda del secondo Consiglio comunale di Regalpetra, vicenda cui persino illustri parlamentari si appassionarono.

Il sindaco in perfetta letizia amministrava quando un assessore si preoccupò di informarlo segretamente su certe voci che correvano, senz'altro calunniose bisognava giudicarle, comunque correvano, l'assessore l'aveva saputo da sua moglie, e sua moglie da una sorella sposata, e questa dal marito, e il marito... un giro così largo da sgomentare il sindaco, un pirandelliano sgomento, la sua identità che franava dentro quel cerchio di voci. Quando in un paese come questo, la gente comincia ad occuparsi del *sexual behaviour* di una persona, meglio cambiare paese; si dice – il cornuto nel proprio paese, il fesso in qualsiasi luogo – per dire che chi è afflitto da coniugali sventure può diventare un altro lasciando il paese dove la sua sventura è conosciuta, ma un fesso non cambierà personalità cambiando luogo. Ma, nel caso del sindaco, non si trattava di corna; né il sindaco era disposto a fuggire di fronte ad una evidente diffamazione.

Forse per la cristiana benevolenza e carità cui la diffamante voce si ispirava, il sindaco immediatamente credette di individuare la personalità creatrice: così come un critico d'arte attribuisce un quadro, questo è un Mantegna, questo è un Velázquez, il sindaco disse – questa è del segretario del mio partito. Forse non fu soltanto attribuzionistica intuizione, forse ebbe anche prove o testimoni: ad un certo punto avanzò querela contro il segretario della Dc, suo vecchio amico e compagno di studi. La fatidica maggioranza dei ventitre consiglieri democristiani si divise, dodici consiglieri si misero dalla parte del sindaco, dieci restarono dalla parte del segretario del partito.

Nel ribollire della disamistade cadevano le elezioni regionali del 51; i candidati democristiani disertavano la piazza, la frequentavano invece i comunisti, con commossi accenti additavano il martirio del sindaco. Parlamentari democristiani venivano in riservata missione, sentivano l'una e l'altra campana, dar torto al sindaco non se la sentivano, il sindaco voleva soddisfazione, tutti erano disposti a dargliene, in che modo non sapevano. Invocavano pace anche i prelati. Quando la situazione appariva disperata e insanabile, nel senso che il partito doveva prendere una decisione netta, e tutti sanno come la Dc sia particolarmente aliena dalle nette decisioni, il sindaco cominciò a fare dei passi falsi: in primo luogo, sollecitò o semplicemente accettò l'appoggio della minoranza consiliare di opposizione; poi apertamente mostrò simpatia e riconoscenza verso i comunisti che appassionatamente contribuivano a drammatizzare il caso. Gli avversari si rinfrancarono, il sindaco non bisognava più considerarlo democristiano, il partito poteva lavarsene le mani: quella specie di contraddanza in cui si agitavano i consiglieri comunali (continuamente mutavano sentimento, i più accesi sostenitori del sindaco passavano dalla parte del segretario del partito, e quelli che stavano dalla parte del segretario venivano ad infiammarsi delle ragioni del sindaco) di colpo si placò. Il risultato delle elezioni regionali, buono per i comunisti e i fascisti, contribuì a ridurre i consiglieri, è il caso di dirlo, a più meditati consigli. Il sindaco si trovò isolato, da tutti i *benpensanti* considerato comunista e perciò, sempre secondo i *benpensanti*, dalla parte del torto. Persino gli vennero meno i consiglieri dell'opposizione, per protesta si erano dimessi: un ministro era stato ricevuto in municipio e i consiglieri di minoranza non erano stati invitati, intendendo il compito loro nella partecipazione a feste municipali i sette consiglieri si dimisero.

Il sindaco, un giovane che ogni mattina ascoltava messa e si comunicava con tale rapimento che orsoline e figlie di Maria lo portavano, come si suol dire, in palma di mano; democristiano della seconda ora ma di gran zelo e presidente dell'Associazione Maestri Cattolici; il sindaco beffardamente scettico divenne in fatto di religione, quasi che Dio fosse in qualche modo responsabile di quel terribile machiavello, gli successe come a Vestro, quello di una famosa novella del Fucini; e invece tutto lascia supporre ci fosse stata diabolica ispirazione, da buon cattolico il sindaco avrebbe dovuto tener conto del diavolo, forse si convinse che il diavolo coi democristiani non si impicciava.

Dal 51 al 54 la situazione si cristallizzò, nessuno osò portare in Consiglio una proposta di sfiducia per il sindaco; e il sindaco, a dispetto di quelli che aspettavano le sue dimissioni, restò abbarbicato al suo posto: sempre in minoranza restava nelle deliberazioni, ma non se ne andava; né si dimise dal partito. E allora i consiglieri democristiani presero una stoica decisione, come romani antichi si gettarono sulla propria spada, si dimisero in massa: e dal suicidio del Consiglio venne fuori il solito commissario prefettizio, e vice commissario fu di nuovo il locale segretario della Dc.

Pare che a Regalpetra il regime commissariale sia il solo capace di risolvere quei problemi che nel Consiglio comunale si risolvono con la concorde volontà di almeno sedici persone; difficile a Regalpetra mettere sedici persone d'accordo, a meno che non si tratti di operare in danno di qualcuno, e preferibilmente in segreto. Perciò un Consiglio comunale democraticamente eletto mai si troverà in condizioni di serenità, meglio il commissario prefettizio, anche se è un commissario *fantasma* e tutto è nelle mani del segretario della Dc, il commissario decide in un giorno cose che per anni il Consiglio trascina – così la pensano molti a Regalpetra; il Consiglio comunale è divertente, ma solo col commissario qualcosa di buono si ottiene. Al pensiero che il commissario se ne andrà, e riconsegnerà il municipio ai *rappresentanti del popolo*, gli impiegati cadono in stato di ipocondria: piena di triboli è la loro vita quando per i corridoi e gli uffici si aggirano consiglieri e assessori, e un sindaco piantato sulla sua poltrona come un monumento; gli aumenti di stipendio i consiglieri, che son sempre persone che pagano tasse, non sono mai disposti a deliberarli, è possibile anzi che salti loro in testa l'idea di una riduzione dell'organico; e il travagliato giuoco delle parti, attraverso cui si formano e trasformano i labili raggruppamenti di maggioranza, assume negli impiegati, che non sanno più a chi votarsi a chi raccomandarsi a chi ubbidire, forme di astenia. Questo disagio, come di una pietra che cade in uno specchio d'acqua, si comunica a tutto il paese, molti non ne hanno coscienza, si divertono, ma il disagio c'è.

A seguire attraverso i verbali di riunione della Giunta e del Consiglio le aggrovigliate vicende delle amministrazioni comunali di Regalpetra, si ha l'impressione di entrare in un mondo in cui un giuoco di sofismi di sottintesi di inganni, casi personali in guerra fredda o in guerra guerreggiata, si esalti come puro arabesco, al di là di ogni rapporto con la comunità. L'unico momento in cui un concreto rapporto passa tra l'amministratore e il cittadino è quello del certificato: quando il sindaco certifica nascita identità o morte, atto che altrove può essere considerato di ordinaria amministrazione, qui investito di metafisica luce. Perché non è il pensiero o la fede che ci salva dal caos, ma il certificato; senza il certificato fantasmi siamo. Sindaco e cittadino conferiscono dunque all'atto della firma un senso religioso; la burocrazia, che è in Sicilia istituzione metafisica, e come istituzione metafisica bestemmiata, trova un vertice di consacrazione nella firma, quando un sindaco ha firmato i certificati è come un prete che ha detto messa, per la giornata è in pace con la propria coscienza e con la comunità, è come un artista che ha creato personaggi, qualcuno ne ha fatto morire, la storia di un paese per un giorno ha creato. La maggiore offesa che un sindaco può fare agli assessori è quella di toglier loro *la firma*, così fece l'ultimo sindaco quando ebbe rivelazione dell'atroce diffamazione che correva, sembrò un colpo di stato.

In quanto entità metafisica, l'amministrazione comunale, sotto segni e simboli burocratici, è «contemplazione della morte»: perciò nel registro delle deliberazioni frequentemente si vede affiorare la preoccupazione per il cimitero, ogni giorno il sindaco *crea* un morto, i morti pesano più dei vivi, ognuno a suo modo vive ma tutti moriremo, c'è il senso che i morti facciano ressa e il cimitero non basti a contenerli tutti; un uomo che almeno da morto stia comodo, abbia per sé due metri quadrati di terra asciutta, il contadino che parla della riforma agraria dice – certo che avrò la terra, quella del cimitero non me la negano di sicuro – perciò gli amministratori si preoccupano del cimitero. È da dieci anni che un «progetto per l'ampliamento del cimitero comunale» si trascina, dentro la tempestosa vita del Consiglio comunale è come una frase tematica che continuamente ritorna e si dissolve, forse è per questo che nessun progetto mai giungerà all'approvazione. I morti intanto infittiscono, per mancanza di spazio sono disposti a strati, due strati di morti sotto il marmo e l'erba del cimitero. Tra l'altro, il cimitero ha una zona che dà acqua, nel giro di pochi mesi le casse infradiciscono, il pensiero dei morti che stanno a marcire nell'acqua ossessiona i vivi, il pensiero del *posto asciutto* credo che splenda come speranza ultima nell'occhio del morente, i congiunti pregano il sindaco – mi raccomando, un *posto asciutto*. È la sola cosa che, a Regalpetra, si può chiedere a un sindaco.

Per quel che mi riguarda, ho ragione di credere che non mi toccherà un *posto asciutto*: dovrebbero farmi un tabuto a forma di barca.

I PARROCI E L'ARCIPRETE

Pampilonia, nel dialetto dei regalpetresi, vuol dire confusione infernale chiasso panico smisurata allegria; a chi ha letto *Fiesta* di Hemingway più suggestiva sembrerà l'ipotesi che la parola scaturisca dalla *fiesta* di Pamplona invece che dalla Babilonia *civitate infernali* dei predicatori; e all'ipotesi si accompagna una *pampilonia* di festa che nell'ultima settimana di maggio qui esplode insonne e violenta.

Con questa festa rissosa, che certo piacerebbe a Hemingway, i regalpetresi celebrano un miracolo della Madonna di cui fanno fede antiche cronache. Correva l'anno 1503, ed era signore di Regalpetra Ercole del Carretto, quando in un pomeriggio pieno di sole e polvere fece sosta davanti alla chiesa di santa Lucia, dove era una fontana, il nobile castronovese Eugenio Gioeni. Lasciamo la parola all'antico cronista: « Nella città di Castronovo v'era il nobile Eugenio Gioeni, corretto d'ipocondria. Gli ordinarono li medici di farsi un giro per divertirsi e superare detto filato ipocondrico. Infatti si chiamò alcuni parenti suoi di Palermo e di Castrogiovanni, si unirono con la servitù in numero di settanta, si noleggiarono un bastimento, passarono a girare l'Africa, e passarono dalla Libia, regno di Barca. Mentre riposavano in un poggetto sotto una pietra, videro in detta pietra una forma di porta, ed avendola aperta, trovarono un'immagine della Vergine SS. col Bambino nella mano sinistra di marmo bianco». Tornando a Castronovo, il Gioeni si portava dietro la statua, adagiata su una barozza trainata da buoi; ma quando da Regalpetra volle riprendere il cammino verso Castronovo, «impegnati i buoi, e dando la caccia per trasportare detto simulacro, li due d'innanzi s'inginocchiarono e li quattro di dietro per parte di andare verso le Grotte, per poi portarsi a Passo Fonduto, si portarono indietro, ed il carro con la suddetta immagine si sprofondò, quanto non poterono più sollevarlo con tutte le forze umane. Vedendo questo portento Eugenio, disse al popolo e al conte di Regalpetra che la lasciava in detta terra».

Per quanto antica, questa cronaca è certo posteriore al 1576, anno in cui Regalpetra fu elevata a contea, e prima era baronia. C'è poi da dire che la statua è della scuola dei Gagini, e appare molto improbabile sia finita in Africa; ma più di ogni altra è inquietante la considerazione sulla scelta della Madonna tra il Gioeni e il del Carretto, tra i castronovesi e i regalpetresi; inquietante come l'apparizione dell'immagine di Cristo su una parete al professor Pende, perché proprio al professore, perché al del Carretto, perché tra i regalpetresi la Madonna ha voluto fermarsi, la popolazione di Castronovo essendo in egual misura fatta di uomini onesti e di delinquenti, di intelligenti e di imbecilli. So quello che un teologo risponderebbe, ma egualmente si resta inquieti. Sarà rimasta la Madonna a compensare con la visione e la tradizione del miracolo i regalpetresi, a compensarli del terraggio e del terraggiolo, dei contributi unificati, della ingiusta mercede riscossa per estirpare sale e zolfo; ma un miracolo simile diventa allora come un succo gastrico per don Girolamo del Carretto, per don Calogero Virzì che persino i velieri possedeva per vendere lo zolfo che i regalpetresi cavavano per lui, per Salvatore Accursio che ammucchia ricchezze col sale, un succo gastrico che aiuta a digerire la ricchezza, uomini lavorano come talpe e quelli fanno siesta a digerire ricchezza.

Ma la *fiesta* finalmente è per tutti, rossa *fiesta*, urlante grappolo di gioia. Il regalpetrese che lavora nelle miniere del Belgio o si trova in America ormai da molti anni, sentirà acuta malinconia negli ultimi giorni di maggio, e scrive ai parenti di Regalpetra – prima di morire voglio almeno vedere per l'ultima volta la festa, e fatemi sapere quest'anno com'è andata, e chi ha preso la bandiera.

L'apice della festa è infatti nella conquista della bandiera, c'è una *macchina* alta cinque metri, in cima porta uno stendardo ricamato in oro, ogni anno diverso, i giovani borgesi in piazza lottano per conquistare lo stendardo. C'è tutto un rituale, non possono lottare per la bandiera che borgesi scapoli ma già fidanzati, entro l'anno dovranno sposare; si formano le fazioni, ciascuna sostiene il suo campione: l'ora va rispettata e il luogo dove la zuffa deve cominciare, armi non si devono portare; ma a pugni e calci quanto si vuole e si può, malcapitato il carabiniere che vedendo sangue si caccia in mezzo, qualcuno arrivato di fresco lo fa, quelli che lo sanno stanno a guardare: chi si mette in mezzo prende, si sa, la parte migliore delle botte. Dura dieci minuti, un quarto d'ora la zuffa; poi si vede sanguinante il campione salire verso la bandiera, scalcia come un mulo contro quelli che vorrebbero tirarlo giù, coglie finalmente lo stendardo mentre sotto la lotta di colpo si placa, un mare che fa bonaccia diventa la folla che nella zuffa ribolliva. L'anno scorso la lotta per la bandiera, trascinandosi risentimenti elettorali, si annunciava cruenta; allora un borgese *di rispetto*, un anziano, intervenne ai primi colpi, era scapolo, dichiarò che la bandiera la voleva lui. Accadde una cosa mai vista, tutti in tripudiante accordo i giovani borgesi sollevarono l'uomo di rispetto, per età e corpulenza non ce la faceva, lo issarono sudando fino alla bandiera.

A parte la lotta per la bandiera, sempre un'aria di rissa accompagna le manifestazioni religiose cui partecipano gli uomini. Nel 1948, prima delle elezioni, i padri domenicani portavano l'effige della Madonna di Fatima da un paese all'altro, un vento di miracoli percorreva la Sicilia, promissioni ed offerte piovevano su quella nuova immagine della Madonna, di sordomuti si diceva che ai piedi della Madonna avessero mugolato parole, di paralitici che riuscivano a trascinare passi tra la folla. A noi di Regalpetra la Madonna giunse dal vicino paese di Castro, i castrensi l'accompagnarono per sette chilometri in processione, alle porte di Regalpetra trovarono i preti la banda e la popolazione, ai regalpetresi dovevano consegnare la Madonna. Ma i castrensi volevano portarla a spalla fin dentro il paese, lasciarla dentro la chiesa della Matrice volevano, così con loro avevano fatto quelli di un altro paese. Ma i regalpetresi pretesero che la consegna avvenisse alle porte del paese, ne nacque una burrasca, si invelenì di vecchi rancori, dispregiosi apprezzamenti furono gridati dall'una e dall'altra parte. La zuffa si accese, girandole di bestemmie rutilarono intorno alla celeste effige, i padri levavano alte le mani a placare la tempesta. Mai la Madonna come in quel giorno è stata bestemmiata dai cittadini di Castro e di Regalpetra. I comunisti furono primi nella mischia; si fosse votato nei giorni che la Madonna di Fatima restò a Regalpetra, un solo voto al Pc non sarebbe toccato; si votò un mese dopo, e il Pc ne ebbe un migliaio.

Nei giorni della festa tutte le promissioni che durante l'anno si fanno alla Madonna, in denaro o in frumento o in capi di bestiame, vengono solennemente assolte: chi deve adempiere alla promissione si muove dalla soglia di casa alla testa di un piccolo corteo; per la via più lunga, ché è d'obbligo attraversare il corso, porta l'offerta in chiesa. Le donne vanno a piedi scalzi, il sacco del grano, bianco e legato da un fiocco azzurro, in bilico sulla testa; gli uomini cavalcano muli bardati a colori vivaci e tintinnanti di sonagliere, il grano nelle bisacce nuove. Poiché la chiesa è alta sul paese, in cima a una lunga gradinata, è tradizione che l'uomo a cavallo salga d'impeto la gradinata, fin dentro la chiesa, arrestandosi davanti al banco dove il grano viene pesato. Il mulo dapprima resiste, poi i colpi che gli piovono da ogni parte, le voci e il suono delle trombe e dei tamburi, lo costringono: con occhio stravolto si avventa a salire, soltanto dentro la chiesa silenziosa si arresta, improvvisamente sorpreso da quel silenzio e fremente. Pesato il grano, l'offerente esce a cavallo dall'altra porta della chiesa. In due giorni giungono così alla Madonna centinaia di offerte.

Ma quest'anno pare che il nuovo vescovo, informato della cosa, abbia gridato allo scandalo: i carabinieri si son messi davanti la porta della chiesa a rischio di farsi travolgere dai muli, e quelli del comitato spiegavano agli offerenti il divieto del vescovo. I regalpetresi, magari convinti che un vescovo può con un gesto della mano dannarli al fuoco eterno, non riuscirebbero mai a capire che i loro rapporti secolari con la Madonna possano essere turbati da intermediazioni e divieti; edificata e arricchita col loro denaro è la chiesa, tutto l'oro che a grappoli gronda intorno alla Madonna, dagli anelli coi brillanti agli orecchini a cerchio delle spose contadine, testimonia la loro devozione; e la festa, che in fuochi luminarie bande e gare ha un bilancio pari a quello del Comune, è pagata da una sopratassa sui generi di consumo che fa la delizia dei bottegai. Perciò alla comunicazione del divieto furore di rivolta agitò i regalpetresi. Incerti, non per dubbio di coscienza di fronte alla decisione del vescovo ma per antica paura di fronte al carabiniere, gli offerenti non sapevano che fare; ma gli spettatori sciolsero ogni dubbio – niente muli in chiesa, niente frumento – gridarono: e i muli ridiscesero con le bisacce piene. Così tutte le promissioni arrivarono davanti la porta della chiesa e tornarono indietro; e per protesta nemmeno le promissioni in denaro furono portate.

Manco a dirlo, la colpa del divieto fu attribuita all'arciprete – che ne sapeva il vescovo nuovo della storia dei muli? certo qualcuno è andato a soffiargliela – perché il popolo ritiene che a far dispetto al paese, in materia di fede o di politica, l'arciprete ci gongola; e qualunque cosa i regalpetresi crederebbero dell'arciprete, che tiene un harem o che mangia a bagnasale i lattanti, qualunque atroce cosa. Una volta che sotto il pavimento di una chiesa si scoprì una cripta piena d'ossa, subito si favoleggiò di un tesoro che l'arciprete aveva portato a casa, un sacco di marenghi da secoli in quella cripta nascosto; e quando nella casa dell'arciprete la polizia trovò, ai tempi della tessera, un quantitativo di grano superiore all'assegnazione di legge, non si perse tempo ad attribuirgli piani di mostruoso intrallazzo. E l'arciprete sa di portare questa cappa di martirio; ha avuto la vigna stroncata, i buoi rubati, lettere minatorie gli arrivano e di insulti: come i santi vengono raffigurati con gli elementi del martirio, l'arciprete di Regalpetra può entrare in una pala d'altare con in mano una lettera anonima. Se il parroco di san Rocco spende qualche migliaio di lire e riduce la sua chiesa come un Cobianchi, tutti ne esaltano la probità e l'amorosa cura; se l'arciprete spende qualche milione, e rimettendoci del suo, per restaurare con discrezione e buon gusto la Matrice, non c'è un cane disposto a riconoscergli almeno questo merito. Perciò, se paradiso c'è, un posticino l'arciprete se lo è guadagnato; tra l'altro è uno di quei preti che in paradiso ci arrivano neri neri, senza la civetteria di quei fazzolettini rossi che ora è di moda agitare sulla folla: col Sillabo sotto il braccio e in mano la lampa di ringraziamento per la caduta della Repubblica Romana, davvero nella sua chiesa c'è questa lampa, la fece fare l'arciprete del 1849, lasciò scritto che ad ogni anniversario fosse accesa. Per il nostro gusto, è meglio un prete nero che un prete rosso; quei preti che scendono in campo col rosso in mano stanno facendo maledetta confusione, se tra *rouge et noir* hanno scelto – *rien ne va plus* – stiano sul nero sino alla fine.

L'arciprete di Regalpetra, cameriere segreto di Sua Santità e dunque monsignore, è un uomo piccolo e scuro, le mani sempre congiunte a groppo sul petto, la testa alta come di chi si alza sulla punta dei piedi per guardare al di là delle cose che gli stanno davanti; buon suonatore d'organo e buon parlatore; non ipocrita come molti lo giudicano, ché tutto quel che si trova in lui di sgradevole appunto nasce da una incapacità di mistificazione. Qualche volta ci incontriamo, e io metto a dura prova la pazienza di monsignore facendo cadere il discorso sulla Spagna, dove loro benissimo stanno, e su Perón; monsignore si rifà parlandomi di Dio e consigliandomi edificanti letture, forse per la salvezza della mia anima prega, il pensiero che più appassionatamente pregherebbe se ci fosse modo di farmi arrostire su un bel fuoco di legna secca, mi dà un senso di sicurezza di tranquillità; con monsignore, insomma, posso parlare; con uno di questi preti *nuovi* comincio a sentirmi inquieto. Di preti *nuovi* ce ne sono anche a Regalpetra, agitati e maneggioni, insofferenti di quel po' di autorità che l'arciprete conserva su di loro, qualcuno apertamente va dicendo corna dell'arciprete, la «leyenda negra» dell'arciprete si arricchisce così di importanti contributi.

I preti *nuovi* sono la croce di monsignore: attivi e trafelati come se gestissero imprese commerciali, pipistrelli che svolazzano negli uffici regionali e nelle anticamere degli uomini politici, le tasche piene di lettere intestate «Camera dei Deputati» «Senato della Repubblica» «Assemblea Regionale»; e quando, oltre ad essere così attivi, sono *belli* come il don Gastone di Parise, i guai si fanno grossi, e l'arciprete ci perde il sonno. C'è il giovane prete che gli pianta il piccolo e ilare scandalo e vola via; e c'è quello che gli pianta lo scandalo grosso, inviati dell'«Unità» che scendono come falchi, titoli a tre colonne e fotografie. La gente si diverte quando tira vento di scandalo; l'«Unità», che di solito ha un paio di lettori, si vendeva con punte di trecento copie quando veniva pubblicando una specie di romanzo d'appendice sul prete *bello*, una vicenda che fece impressione anche fuori così come il giornale la presentava; e monsignore si sentiva come una lumaca sulla brace, perché i regalpetresi in effetti più che del fatto in sé si occupavano della faccia che faceva monsignore, pur di fargli un dispetto in ogni caso si metterebbero dalla parte dello scandalo e del sacrilegio; e se una boccaccesca vicenda fiorisce all'ombra del confessionale la colpa, si capisce, non è del giovane prete che cede alla tentazione e della ragazza che cede al prete, è colpa di monsignore, di quel poveruomo che in tutta la sua lunga vita mai da un sospetto boccaccesco è stato sfiorato.

Monsignore ha vasta parentela, ha mobilitato tutti i suoi parenti nella Dc e lui si è tirato in disparte, al di fuori di quel che gli compete per i decreti del Santo Offizio e per le lettere pastorali del vescovo, non mostra di essere in preda a quel ballo di san Vito della politica cui tanti preti si abbandonano; del resto la miglior politica che può fare a vantaggio della Dc è quella di non mostrarsi, ché farebbe deserta la piazza; e poi i parenti ci sanno fare, fanno un così compatto e attivo clan che nessuno riuscirebbe a scalfire.

Questa sorta di largo nepotismo alimenta avversione contro monsignore, ma la verità è che in Sicilia la politica sempre diventa affare di tribù, e il membro più autorevole o rappresentativo di solito si tira dietro tutta la tribù, fino agli affini e ai famigli: e un partito politico diventa come una gabella di latifondo.

La Dc di Regalpetra è come quelle fotografie-ricordo in cui intorno al bisnonno o al parente d'America si attruppano in disegno genealogico tutti i parenti, fino all'ultimo nato con la tettina in bocca: monsignore al centro, e tre generazioni di parenti disposte intorno come un'ondata che sale. Che alla Dc siano approdati i resti della Democrazia del Lavoro dell'Uomo Qualunque e persino del Partito d'Azione, certo con intenzioni non cordiali nei riguardi del gruppo familiare, non è valso a niente: la tribù riesce a fagocitare qualsiasi interna forza avversa. È un bell'esempio da libro di lettura, l'unione che fa la forza, il fascio di verghe che non si piega.

Gli altri preti non vedono certo di buon occhio questo gruppo di famiglia, tentano perciò rapporti diretti con gli uomini politici nel giuoco elettorale; ogni prete ha il suo candidato, punta su un suo numero, al di fuori di quella che è la terna o la quaterna lanciata dalla sezione del partito. La sezione del partito generalmente punta su uomini della provincia o, eccezionalmente, della vicina provincia di Caltanissetta: criterio, se vogliamo, esatto; è giusto mandare in Parlamento gente che da vicino conosce i nostri problemi; ma si capisce che se c'è un candidato che per intelligenza e cultura è superiore alla non aurea mediocrità degli altri candidati e, per di più, è incapace di fare il giuoco della mistificazione elettorale, anche se un tale candidato è nato in un paese vicino e conosce i problemi nostri, è certo che la sezione non lo metterà in quaterna: ed è il caso dell'on. Ambrosini. Ma questo è un altro discorso. La sezione sceglie dunque i suoi candidati col criterio del buon vicinato: e allora il parroco di san Rocco, per esempio, fa il numero di un candidato della provincia di Trapani, che è appunto la zona più lontana da Regalpetra. In questo modo il partito viene scavalcato, nasce un rapporto diretto tra il prete e l'uomo politico.

Un parroco rappresenta una forza di trecento-settecento voti, un parroco che sa fare, ce ne sono di quelli che dormono anche in periodo elettorale e lasciano il catechismo del voto agli attivisti del partito. Il parroco di san Rocco sa fare, manovra i suoi settecento voti in modo poco ortodosso nei riguardi della sezione del partito, ha *preferenze* da bastian contrario. È giovane, pieno di spirito avventuroso e polemico, arciprete *in pectore* se i superiori continueranno a mantenergli stima, lui dice – indegnamente – quando accenna alla stima di cui gode, e non c'è ragione di contraddirlo. Legge Guareschi e Merton, tra don Camillo e il *sinite parvulos* gagliardamente istrioneggia. Ha una parrocchia di gente contadina, piccoli mezzadri e braccianti, in maggioranza *rossi*; ma le donne riscattano con la loro devozione l'errore degli uomini, quei settecento voti, uno sull'altro, gli vengono dalla incontaminata fede delle donne. La sua chiesa ha un *piccolo campo del Signore* i cui frutti vanno al parroco *pro tempore*: e questo piccolo campo coltiva con razionali criteri, moltiplicandone i frutti. Corre in lambretta dal paese alla campagna, dal paese al capoluogo; non sta mai fermo, quando gli si parla sempre si distrae dietro chi sa quali fuggenti pensieri; e quando parla mai riesce a finire un discorso, i pensieri gli fuggono via a scappamento aperto, con gran confusione e sbandamento. Ma certo quando vuol soldi per la sua chiesa diventa logico e preciso, e soldi gliene danno, a Palermo e a Roma. La gente dice – che brigante... – ma con affettuoso compiacimento, come di un bambino che fura i dolci e manda qualche colpo di fionda contro i vetri del vicino.

Le chiese del paese non hanno quel «sovraccarico di anime» o superaffollamento cui le provvidenze governative per l'edificazione di nuove chiese si ispirano. Nel giro di pochi anni sono state chiuse quattro chiese di cui una, la più bella ed antica, va miseramente in rovina; altre due stanno sempre chiuse, si aprono in occasione dei funerali. Attive restano le quattro parrocchie in cui il paese è diviso, e la chiesa della Matrice. Vent'anni addietro c'erano nel paese non meno di una dozzina di preti; oggi siamo a cinque preti e mezzo, ché uno, coadiuvatore dell'arciprete e tanto docile e remissivo quanto l'arciprete è formalisticamente autoritario e pedante, non si può considerarlo come unità. I ragazzi di Regalpetra, quando mostrano una certa inclinazione allo studio e le famiglie non hanno possibilità, vengono avviati al seminario vescovile o ai collegi gesuitici: ma son pochi quelli che ci restano fino a pigliar messa, ci stanno fino a che è possibile starci, poi evadono presentandosi agli esami di scuola pubblica per il diploma di abilitazione magistrale o per la licenza liceale. È da circa vent'anni che i regalpetresi fanno questo giuoco, e ci riescono per il fatto che il paese ha nelle gerarchie ecclesiastiche pezzi illustri, un *papanero* sopratutti, perciò il figlio del borgese e dell'artigiano entra facilmente nel collegio dei gesuiti, pagando una retta irrisoria; certo deve in principio mostrare vocazione, i parenti che vanno a raccomandarlo su quella vocazione giurano, poi di colpo la vocazione si spegne, proprio quando il ragazzo è in grado di agguantare un pezzo di carta nelle scuole dello Stato.

Ma nel giovane che esce da questi seminari si crea una specie di complesso di evasione: un vago senso di sacrilega colpa cui fa da controparte un atteggiamento blasfemo e di irrisione, una rivendicatoria foga esibizionistica nell'attività amatoria, un gallismo che si intride di profanatorio furore. Su venti ragazzi che entrano nei seminari si può dire che diciannove se la squagliano al momento giusto; può darsi che quello che resta, con i tempi che corrono, sia sufficiente compenso alla fuga degli altri. Prima in seminario ci andavano quei ragazzi che veramente avevano vocazione, quelli che giuocavano con le immaginette e gli altarini, servivano messa e facevano i chierichetti nelle processioni, a chi chiedeva loro cosa avrebbero fatto da grandi rispondevano – il prete – e andavano in seminario e ci restavano; spesso per il ragazzo che si voleva far prete nascevano conflitti tra padre e madre, ora non c'è pericolo che la pace familiare sia turbata da una infantile vocazione dalla madre sostenuta e dal padre fieramente avversata. Nella fantasia dei ragazzi c'era prima il carabiniere o il prete, ora c'è l'ingegnere costruttore di astronavi e il giuocatore di calcio, se vanno in seminario sanno già da prima che ne usciranno in ragionevole età. Perciò a Regalpetra molte chiese son destinate a restare senza il prete titolare, a meno che non si ricorra all'importazione.

Tranne il parroco di san Rocco, i preti di Regalpetra sono persone quiete, dicono messa e rinnovano i mazzi di fiori agli altari, fanno i conti di cassa e un po' mormorano nei riguardi dell'arciprete; tutti hanno un po' di terra al sole, terra del Signore o terra che viene loro da private successioni. Gli incidenti coi comunisti a proposito di battesimi e matrimoni si riducono al minimo indispensabile, con tanta buona volontà e da parte dei preti e da parte dei comunisti; né quando c'è da certificare, per l'emigrazione in Canadà, che un comunista non è comunista i preti vanno tanto per il sottile; monsignore, ingiustamente considerato incapace di atti di clemenza, ha nei riguardi dei comunisti una visione simile a quella di Kutusof nei riguardi di Napoleone: mentre avanzano, la Dc, e per la Dc i parenti di monsignore, fanno terra bruciata, brillantemente manovrando uffici di collocamento cantieri-scuola ed enti assistenziali; ma se si ritirano, a nemico che fugge ponti d'oro, il certificato di non appartenenza al Pc o al Psi, indispensabile viatico perché uno possa andare a far legna nelle foreste del Canadà. All'atto di rilasciare il certificato monsignore fa appello alla coscienza dell'interessato – io non so – dice – se tu davvero non sei comunista, la tua coscienza lo sa – e al contadino pare una cosa da ridere questa della coscienza, morire di fame a Regalpetra e la coscienza, proprio non attacca.

CRONACHE SCOLASTICHE

Si avvicina l'estate. A scuola mi aggiro tra i banchi per vincere il sonno. I ragazzi scribacchiano stracchi i loro esercizi. Cammino per vincere la colata di sonno che, se siedo, sento mi riempie come uno stampo vuoto. Nel turno pomeridiano, in questo mese di maggio, il sonno è una greve insidia. A casa non dormirei di certo, starei a leggere qualche libro, a scrivere un articolo o lettere agli amici. A scuola è diverso. Legato al remo della scuola; battere, battere come in un sogno in cui è l'incubo di una disperata immobilità, della impossibile fuga. Non amo la scuola; e mi disgustano coloro che, standone fuori, esaltano le gioie e i meriti di un simile lavoro. Non nego però che in altri luoghi e in diverse condizioni un po' di soddisfazione potrei cavarla da questo mestiere d'insegnare. Qui, in un remoto paese della Sicilia, entro nell'aula scolastica con lo stesso animo dello zolfataro che scende nelle oscure gallerie.

Trenta ragazzi che non possono star fermi, che chiedono la *correzion manuale* che i regolamenti proibiscono; e mi portano allegri il bastoncino di mandorlo perché me ne serva sulle loro spalle; e vengono anche le mamme a raccomandarmi che li raddrizzi a botte, i loro figli – son legni storti, il timore ci vuole. Il timore sarebbe l'uso incondizionato del bastone. Qui dicono – benedette le mani – di un maestro che spezzava il pane della scienza con l'ausilio di una verga a nodi e aveva un particolare modo, alto e robusto com'era, di prendere i ragazzi per le orecchie e sollevarli – e ad uno è venuta l'orecchia destra quanto una pala di ficodindia, si è fatto uomo con quell'orecchia, è andato poi in America a far fortuna. Trenta ragazzi che si annoiano, spezzano le lamette da barba per lungo, le piantano nel legno del banco per mezzo centimetro e le pizzicano come chitarre; si scambiano oscenità che ormai mi tocca far finta di non sentire – tua sorella, tua madre; bestemmiano sputano fanno conigli dai fogli del quaderno, conigli che muovono le lunghe orecchie, un tremito che finisce in una pallottola di carta al mio improvviso richiamo. E barche fanno, cappellucci; o colorano le vignette dei libri adoperando il rosso e il giallo selvaggiamente, fino a strappare la pagina. Si annoiano, poveretti. Altro che favole grammatica le città del mondo e quel che produce la Sicilia: alla refezione pensano, appena il bidello suonerà il campanello scapperanno fuori a prendere la ciotola di alluminio, fagioli brodosi con rari occhi di margarina, la scaglia del corned beef, il listello di marmellata che involtano nel foglio degli esercizi e poi vanno leccando per strada, marmellata e inchiostro.

Il direttore viene due o tre volte l'anno. È un buon uomo, continuamente tribolato dal fatto di stare politicamente a sinistra e di suscitare perciò le non benevole attenzioni del suo superiore diretto, con le normali conseguenze del caso. Ha un debole per l'aritmetica e angosciate preoccupazioni igieniche. Quello che c'era prima aveva invece un debole per la grammatica italiana, il suo pezzo forte era una filosofica cavatina sul verbo essere. Questo è più tranquillo. Entra, e guarda i ragazzi seduti dentro i banchi vecchissimi e scomodi; a quelli più grandetti, che lo guardano tenendo le mani nelle tasche dei pantaloni, dice di toglierle, di metterle sul banco – diventa poi un vizio – mi dice. Io dico di sì. Approvo tutto quello che dice. Sono d'accordo: la disciplina, il profitto, spiegare in questo modo il 3 e 14, il numero fisso per trovare l'apotema, e quel ragazzo pare un po' tocco, quegli altri non si lavano. Sì, bestemmiano. Scrivono sulle pareti dei cessi scandalosissime cose. Molestano fuori i vecchi, i bidelli nell'atrio. Salgono per i tubi delle grondaie, scavalcano le lance dei cancelli. Sì, fanno tutto questo. E si azzuffano per la refezione, chi di loro deve andare, ogni giorno dieci. Il fatto è che hanno fame. D'accordo: insisterò nella geografia, e che sappiano tutto sul trapezio. Dirò che si taglino i capelli, che si lavino le orecchie – così sporche che vi germoglierebbero le fave – le gambe le mani.

Qualche volta viene anche l'ispettore. Con sorprendente intuito giunge proprio nel giorno o nell'ora in cui il direttore manca. Quei trenta miei ragazzi sporchi arruffati che non sentono nemmeno la soggezione della sua presenza e continuano a mormorare e a litigare tra loro, evidentemente non gli vanno giù. Vede la verga sul mio tavolo, forse si rappresenta scene di tortura. Io non li ho mai picchiati, la verga mi serve per indicare città e fiumi sulla carta geografica. Ma l'ispettore non lo crederebbe mai. Bisogna prenderli con dolcezza – dice. Mi racconta che un suo alunno (perché io vengo dalla gavetta – mi dice con orgoglio) – bugiardo era, e violento, persino ladro – egli ridusse con dolce persuasione all'ordine e allo studio. Entrò poi nella Pubblica Sicurezza, fu un quotato funzionario dell'Ovra. Sì – dico io – la dolcezza può tutto. E non spreco nell'approvazione nemmeno una lieve vibrazione d'ironia.

E ogni settimana viene il prete per la mezz'ora di religione. Ricomincia ogni volta dal principio, Adamo ed Eva. I ragazzi si danno a pizzicare le lamette. Qualche bestemmia ronza nell'aula, ma il prete non finge come me di non sentire. Promette il fuoco eterno. Ridono. Diventa scarlatto di collera. Son costretto a gridare anch'io il mio inutile rimprovero.

Una volta l'anno viene persino monsignore. È piccolo, magro e nero come un lucignolo. Da un'asola sbottonata balugina vicino al collo un po' di viola. Parla sorridendo, invita i ragazzi a frequentare la dottrina, chiede quanti debbono ancora fare la prima comunione. Circa una metà. Monsignore è scandalizzato. Non c'è ragazzo nella classe che abbia meno di dodici anni, e a dodici anni, dice monsignore, i ragazzi perbene la prima comunione l'hanno già fatta da un pezzo. S'informa a quale parrocchia appartengano. Uno dice – nella mia chiesa c'era il prete che è scappato con la figlia di Cardella. Monsignore resta come il portiere che guarda il pallone fulminare improvvisamente la rete. Il fatto è vero, il prete se n'è andato davvero così. Per ricomporsi, monsignore si cerca in petto l'orologio. Se ne va sempre sorridendo – sia lodato Gesù Cristo – gli rispondono – oggi e sempre – sghignazzando.

Il giorno del precetto li conduciamo in chiesa inquadrati, con la bandiera della scuola in testa. C'è un'aria di Gil che rinfranca molti maestri, camminano come se le note di *giovinezza* sbocciassero segretamente per loro, ectoplasmi di gerarchi volteggiano nell'aria. I ragazzi non sanno però stare in fila, questo è consolante. Sfiliamo per il corso e l'ex segretario del fascio si affaccia dalla soglia di un barbiere, guarda con indignazione quella fila che si muove come un serpente che stia inghiottendo un passero. In chiesa si buttano poi alla conquista dei banchi più vicini al coro, non si riesce a trattenerli, monsignore grida dal microfono chiedendo ordine disciplina – siete in chiesa, nella casa di Dio. Quando la lotta si placa resta un murmure di sciame impazzito ad accompagnare la funzione. Viene il momento della comunione. Io so che una diecina di ragazzi non si sono confessati la sera prima, e al mattino ne ho visto alcuni mangiare a gran morsi, nell'atrio della scuola, pane con sarde salate. Ma vedo che tutti ora si muovono per andare a prendere l'ostia, tento di fermarne alcuni, monsignore immagina forse che voglia sabotare la festa, mi dice di lasciarli passare. Inutile tentare di spiegare, nella gran confusione che c'è; faccio contento monsignore lasciandoli andare. A scuola rimprovero poi i trasgressori. Ma nonostante io mi imponga un gran zelo nello svolgimento del programma di religione, è strano come essi sentano quanto io ne sia lontano. Tentano a modo loro discorsi di irrisione. Hanno le opinioni dei genitori, che non possono nemmeno dirsi opinioni, fatte come sono di trivialità bestemmia e oscena aneddotica sui preti e le figlie di Maria; e di superstiziosa paura. Allo stesso modo temono le fatture, il malocchio, i magici segreti che chiamano le sventure e quelli che le stornano. Un ragazzo mi confida che porta sempre in tasca una chiave tre chiodi e uno spicchio d'aglio: così è sicuro che il malocchio non lo toccherà mai, mi consiglia di provare.

So anche per quale partito i genitori votano. Un giorno un ragazzo mi disse, di un altro con cui aveva litigato, che era comunista. Credeva dovessi punirlo. Dissi che in Italia si poteva essere quel che si voleva. Allora ciascuno, benché dicessi di non voler sentire, mi disse per chi votavano i suoi. Una ventina di comunisti, il resto democratici (qui democrazia è la democrazia cristiana) e un solo misino. Al misino furono tutti addosso – sei misino perché tuo padre lavora a Gìbili. Gìbili è una zolfara gestita da fascisti, chi vi lavora, per il salario che supera le mille lire, è considerato un privilegiato. Gli altri, nelle saline, guadagnano cinquecento lire al giorno. I braccianti agricoli, quando c'è lavoro, ne guadagnano seicento; non fanno più di ottanta giornate in un anno. Quelli di Gìbili hanno la radio e la cucina a gas, anche se continuano ad abitare case terragne che solo ricevono luce dalla porta. Ma a Gìbili si muore; le volte non sono sicure, c'è il grisou, una gabbia può sganciarsi nella discesa.

I figli degli zolfatari e dei salinari sono un po' più svegli dei figli dei contadini. Nei giorni di vacanza i contadini conducono i figli in campagna, li fanno lavorare. A maggio non li mandano più a scuola; a meno che non siano certi che saranno promossi. Hanno bisogno di aiuto per la raccolta delle fave. È per questo che nei primi di maggio i padri mi fermano per strada, la sera della domenica, e mi chiedono del profitto dei figli. Io so perché me lo chiedono e rispondo nel modo più evasivo, forse sarà promosso, non va poi tanto male. Se dicessi la verità, mi si spopolerebbe la classe, arriverei agli esami con una diecina di alunni. Del resto, finisco col farne promossi più di quanti dovrei, rimando ad ottobre quei ragazzi che dovrebbero frequentare scuole differenziate, passano le quattro ore di scuola in malinconica fissità, gli occhi senza sguardo, parlano solo per chiedere di andare al cesso. Quelli che rimando, non si presentano mai agli esami di riparazione. Le madri non vogliono che i figli comincino a dodici anni il duro lavoro della campagna, nascondono la verità ai mariti; io dico alle mamme che non studiano, che non saranno promossi. Mi rispondono che sperano nell'anno venturo, che del resto possono anche andare alle popolari, dove li promuovono di certo. Infatti un maestro delle popolari prende tremila lire per ogni alunno promosso, figuriamoci quello che succede. Anche le mamme sono interessate a una sola cosa – la refezione, che io li mandi ogni giorno a mangiare. Ma ogni giorno non posso, c'è un turno. Ne prendo dieci ogni giorno e li accompagno. Nella palestra dove servono la refezione c'è un grasso sentore di risciacquatura, carne andata a male e pasta cotta come colla. Ma si precipitano avidi sulle scodelle, duecento ragazzi affamati e urlanti. Il direttore della refezione grida – la preghiera la preghiera – e quelli sbrodolano una avemaria mentre rabbiosamente inghiottono le dieci cucchiaiate di fagioli.

Alla vigilia del Natale o della Pasqua il turno, per loro decisione, non vale; bisogna estrarre a sorte i nomi di coloro cui toccherà andare a godere della speciale refezione, c'è in più un dolce un'arancia e a Pasqua un uovo colorato.

Una volta c'è stata distribuzione di scarpe, ma chi ordinò la partita – affari grossi, di gente che sta in città – credeva che le scuole fossero piene di ragazzi con piedini da bambino Gesù, e le scarpe servirono a calzare i fratellini. A scuola non ho mai visto un ragazzo portare di quelle scarpe. Portano vecchie scarpe militari aperte nella punta come bocche sdentate, scarpe di tela e gomma o sandali di legno con striscette di cuoio. D'inverno, i piedi stanno sempre a mollo, il fango li intosta, la scarpa pesa nel passo come piombo. E nel freddo portano magliette sbrindellate, calzoncini di tela e, i più fortunati, pastrani cavati alla meglio da coperte militari. La testa è difesa da una chioma che pare un nido di cornacchie, dovrei non riceverli in classe con quella chioma.

Il patronato scolastico elargisce ogni anno i libri di testo ai più poveri. Io faccio l'elenco di quelli che mi sembrano i più poveri. Forse sembrano troppi al comitato. Viene allora il direttore, fa uscire i ragazzi dai banchi, li mette in fila. Ad uno ad uno li esamina – il vestito, le scarpe; poi chiede del mestiere del padre, quanti sono in famiglia, se hanno il pezzo di terra il mulo l'asino la mezzadria. Finisce col lasciarli tutti in elenco, sicché l'ultima parola viene a toccare alla guardia municipale che ha il compito di informare il comitato: secondo che avvinghia la guardia, il ragazzo avrà o non avrà i libri.

Il paese è umido. Non una di queste case è nata dentro l'occhio di un architetto; murate a gesso, si intridono di nebbia come carta assorbente, fioriscono all'interno di muffe. Vecchie case con stanze che escono una dall'altra a cannocchiale, con scale storte e ripide. D'inverno ardono nelle stanze bracieri di quell'arida carbonella di gusci di mandorle, il calore risveglia un acre sentore di gatti, muffa e piscio di gatti. Nelle case terragne i poveri riempiono vecchie bacinelle a smalto o tegami di coccio di una brace più effimera, i groppi delle fave o le stoppie del grano che bruciano prima nei forni. I materassi pieni di paglia stillano acqua. Dormono coi vestiti, cadono subito nel sonno macellati di stanchezza. Anche i ragazzi si gettano a dormire così, col fango o la polvere addosso. Al mattino si lavano come i gatti, passano un paio di volte le mani bagnate sulla faccia; prendono poi il pezzo di pane con la sarda salata schiacciata dentro, i libri che son rimasti legati con lo spago (non hanno fatto i compiti, non hanno studiato le lezioni) e si avviano lentamente, a gruppi, mangiando e litigando, verso la scuola. Se a scuola vanno nel turno pomeridiano, la mattinata la dedicano ai giuochi o ai servizi. Ma non è detto che davvero vengano a scuola, se la giornata è bella decideranno una puntatina in campagna o saliranno verso la stazione e le ore che dovrebbero essere di scuola passeranno nascosti dentro un carro merci. Portano in tasca una palla di stracci, o la trottola che lanciano abilmente con lo spago, si mette a girare silenziosa, loro dicono che si addormenta. Portano anche qualche coltellino, i più guappi hanno un ciondolo alla cintura, preferiscono quei piccoli binocoli in cui generalmente si vedono immagini da anno santo, loro invece hanno comprato o chissà come avuto quelli con donne in costume da bagno, magari con Marilyn Monroe. Se riescono a rubacchiare cinquanta lire, la sera vanno al cinema; quando il film è proibito ai minori di sedici anni stanno nell'atrio come anime del purgatorio, parlando con oscena fantasia di ciò che immaginano si svolga nel film. Una volta li abbiamo portati noi a cinema, c'era una vita di san Giovanni Bosco, è scoppiata una cagnara che è durata fino alla fine. Loro sono abituati a film di sceriffi e ballerine; quando vanno a cinema mi raccontano l'indomani quello che hanno visto, ma non ce la fanno, sanno solo numerare i morti e dire della bellezza delle donne, strizzandomi l'occhio per intesa. Nel gioco ripetono poi quello che hanno visto al cinema, c'è un gioco che chiamano dello sceriffo, accompagnano con scoppi di voci il piccolo scatto delle pistole di latta, si rotolano per terra come colpiti, improvvisamente si irrigidiscono lasciando cadere la pistola. Poi imitano un galoppo di cavalli, s'infuriano in una finale sparatoria sovrastata da squilli di tromba. Questo è il gioco più pulito che sanno fare.

Li guardo mentre risolvono un problema, due o tre che veramente lavorano, chini sul quaderno con evidente sforzo fisico, come se invece di scrivere avvitassero bulloni da ferrovia; gli altri aspettano la soluzione per copiarla. Ormai non c'è più niente da fare, è una situazione cronica. Aspettando fingono però di essere intenti al lavoro, a forza di guardare il quaderno qualcuno finisce con la testa sul banco per una ondata di sonno.

Nel dare un problema debbo fare attenzione: i dati debbono rigorosamente corrispondere ai prezzi del mercato, di ogni cosa conoscono il prezzo. Se dico – le uova si vendono a lire trentacinque – subito c'è chi salta su a dirmi – mia madre le vende a trenta, è questo il prezzo. Il prezzo sanno delle poche cose che nelle loro case si comprano e delle tante che non si comprano, forse perché quasi tutti prestano servizio nelle ore libere – cioè per tutta la giornata, tranne le tre ore di scuola – presso famiglie agiate. È un gran tirocinio. Rubacchiano sulla spesa, fanno rubare i bottegai e ne hanno in cambio qualche pezzo di formaggio o di mortadella, diventano bugiardi, cattivi, di una cattiveria macchinosa e gratuita. Apprendono a lavare i piatti, pulire le stanze, andare in cerca di uova chiedendole a gran voce; le donne si affacciano, mercanteggiano con loro, stabiliscono la quotazione della giornata. Una volta è venuta a scuola una donna, accusava uno dei miei ragazzi di averle rubato quattro uova, fatte sparire così, come in un gioco di prestidigitazione. Quello negava, io non sapevo che dire; la donna se ne andò imprecando contro le famiglie che li fanno ladri, contro la scuola. Il ragazzo mi raccontò poi che fa sempre così, basta le donne si voltino un momento perché lui beva un uovo d'un sorso, ne faccia scomparire il guscio; le imbroglia poi nel conteggio. Dice che sua madre non gli dà mai un uovo perché deve venderle; e i padroni non ne danno perché le comprano care. Mi raccontano tutto, anche sapendo che io non approvo, che farò loro la predica. Un giorno uno mi porta un avviso della pretura, dice: debbo uscire alle undici, sono testimonio. Domando di che. Mi racconta una storia di zuffe tra vicini, di uno che tirò fuori il coltello; e lui, il mio alunno, vide; lo dirà al pretore. Gli altri gridano che non è vero, che ha avuto cinquecento lire per testimoniare la storia del coltello, ha speso i soldi prendendo in affitto una bicicletta e comprando noccioline e caramelle. Sorridendo conviene che è vero, un coltello c'è stato nella zuffa, perché uno ha preso un colpo alla spalla; ma non sa chi sia stato a tirarlo fuori, anzi lui nemmeno c'era, è arrivato che la cosa era già finita. Ma quello che gli ha suggerito la testimonianza è amico di suo padre, suo padre stesso vuole che vada dal pretore; e poi ha già avuto i soldi. Tento un discorso persuasivo sulla verità, sul falso; le pene che toccano a chi dichiara cose false. Sembra convinto. Dice che andrà dal pretore, ma per dire la verità. Ho saputo poi che ha detto il falso; ma la questione è stata pacificata dagli avvocati.

A dieci anni sono già allogati a servizio, sono bocche di meno in casa, i padroni danno da mangiare, e in più qualche vestito smesso che le mamme pazientemente riadattano e rattoppano. Spesso di questi ragazzi sento parlare al circolo, il circolo *dei civili*, specialmente all'avvicinarsi dell'estate, quando più diventano necessari per il trasporto dell'acqua nelle campagne dove si va a villeggiare. Ne parlano come parlassero di animali, preferiscono avere a servizio i ragazzi invece che le ragazze; proprio come parlassero di gatti, preferiscono i gatti maschi, con le femmine c'è l'inconveniente della figliata, e poi stanno troppo per casa e sporcano (il circolo è il luogo dove domestici avvenimenti e preoccupazioni ogni sera riaffiorano dopo le discussioni in cui si dà assetto all'Europa e si dà esito di verità e di giustizia ai fatti delle cronache giudiziarie). Preferiscono i ragazzi perché possono mandarli in giro a cercar uova, in campagna, ad abbeverare l'asina; pronti a tutte le ore, son buoni anche nei servizi che si crede sappiano fare solo le ragazze; uno si vanta che il suo ragazzo fa persino il bucato. Fino a pochi anni addietro li chiamavano, con parola spagnola, *criati*; ora tende ad essere sostituita da *carusu*, ragazzo; un'espressione più familiare: il mio ragazzo. Qualcosa va cambiando se i *galantuomini* sentono di dover usare nuove parole. Ai poveri si dava prima del voi; l'abolizione del lei che vollero i fascisti sembrò qui più minacciosa del cosidetto assalto al latifondo. Ora si dà del lei a tutti, qualcosa è davvero cambiata.

Io li incontro per strada, i miei alunni, mentre gridando domandano chi ha uova da vendere, li vedo intorno alle fontane che litigano e bestemmiano aspettando il loro turno per riempire le grandi brocche di creta rossa, in giro per le botteghe. Poi li ritrovo dentro i banchi, chini sul libro o sul quaderno a fingere attenzione, a leggere come balbuzienti. E capisco benissimo che non abbiano voglia di apprender niente, solo di giocare, di far vibrare lamette e fare conigli di carta, di far del male e di bestemmiare e ingiuriarsi. Prima di cominciare a spiegare una lezione debbo anzi superare un certo impaccio, il disagio di chi viene a trovarsi di fronte a persona contro cui ordiamo qualcosa, e quella non sa, e magari sta credendo in noi. Leggo loro una poesia, cerco in me le parole più chiare, ma basta che veramente li guardi, che veramente li veda come sono, nitidamente lontani come in fondo a un binocolo rovesciato, in fondo alla loro realtà di miseria e rancore, lontani con i loro arruffati pensieri, i piccoli desideri di irraggiungibili cose, e mi si rompe dentro l'eco luminosa della poesia. Uno di loro è stato cacciato via dal servizio perché pisciava nell'acqua che i padroni bevevano; un altro ha rubato un migliaio di lire a una vicina di casa; e tutti son capaci di rubare, di sputare nel cibo degli altri, di pisciare sulle buone cose che toccano agli altri. E sento indicibile disagio e pena a stare di fronte a loro col mio decente vestito, la mia carta stampata, le mie armoniose giornate.

Un tempo ogni classe aveva il suo banco degli asini, un limbo dove fin dai primi giorni di scuola venivano respinti gli irredimibili, stralunati ragazzi dalla testa a pera, restavano per tutto l'anno in quell'ultimo banco, come non ci fossero. Di tanto in tanto il maestro, per ironico scrupolo, li chiamava a ripetere una lezione, a svolgere sulla lavagna un esercizio; non si alzavano nemmeno, reprimendo uno sbadiglio dicevano – non mi fido – cioè non mi fido a farlo, credo di non spuntarcela. C'erano ancora quando io frequentavo le elementari, e ancora ci sono nelle classi dei maestri più anziani. Ma i regolamenti li proibiscono, e qualche direttore ha pensato fosse pedagogicamente più ortodosso istituire le classi degli asini, una classe di ragazzi tutti allo stesso livello mentale e nozionale. È facile formarle: basta, per ogni gruppo di classi, formarne una di ripetenti. Coloro che vengono respinti a ripetere una classe sono di solito irrecuperabili, assolutamente irriducibili alla sia pure vaga disciplina dello studio, se no davvero i maestri non li boccerebbero.

A me, non so se perché il direttore confida nelle mie positive qualità o, al contrario, perché mi ritiene affatto sprovveduto, tocca di solito una classe di ripetenti. Se mi ritiene capace di risollevare le condizioni della classe, il direttore si illude di certo, come si illuderebbe su chiunque altro, nessuno essendo capace di un miracolo simile; se invece intende dare un calcio alla classe, mandarla al diavolo, e me con la classe, bisogna riconoscere che concretamente capisce le cose della scuola.

Io svolgo il programma come si trattasse di una classe normale, ce ne sono due tre quattro al massimo, che mi seguono. Da sei anni, da quando ho incominciato a insegnare, mi pare di avere sempre la stessa classe, gli stessi ragazzi. Il fatto più vero, di là dalle scolastiche valutazioni, è che non una classe di asini o di ripetenti mi tocca ogni anno, ma una classe di poveri, la parte più povera della popolazione scolastica, di una povertà stagnante e disperata. I più poveri di un paese povero. Quelli dei paesi vicini lo chiamano il paese del sale, la campagna intorno è tarlata di gallerie che inseguono il sale, il sale si ammucchia candido e splendente alla stazione; sale, nebbia e miseria; il sale sulla piaga, rossa ulcera di miseria. E io me ne sto tra questi ragazzi poveri, in questa classe degli asini che sono sempre i poveri, da secoli al banco degli asini, stralunati di fatica e di fame.

Vengono a scuola, i ragazzi, dopo che la famiglia riceve la cartolina di precettazione con citati gli articoli di legge e ricordata la multa: la posta non porta loro che di queste cartoline, per andare a scuola per il servizio di leva per il richiamo per la tassa. Spesso la cartolina non basta, il direttore trasmette gli elenchi degli *inadempienti all'obbligo scolastico* al maresciallo dei carabinieri; il maresciallo manda in giro l'appuntato, a minacciare galera e – io vi porto dentro – i padri si rassegnano a mandare a scuola i ragazzi. C'era un maresciallo che questo servizio lo aveva a cuore, mandava a chiamare i padri e sbatteva in camera di sicurezza, per una notte che avrebbe portato consiglio, quelli che più resistevano. E allora a me maestro, pagato dallo Stato che paga anche il maresciallo dei carabinieri, veniva voglia di mettermi dalla parte di quelli che non volevano mandare a scuola i figli, di consigliarli a resistere, a sfuggire all'obbligo. La pubblica istruzione! Obbligatoria e gratuita, fino ai quattordici anni; come se i ragazzi cominciassero a mangiare soltanto dopo, e mangerebbero le pietre dalla fame che hanno, e d'inverno hanno le ossa piene di freddo, i piedi nell'acqua. Io parlo loro di quel che produce l'America, e loro hanno freddo, hanno fame; e io dico del Risorgimento e loro hanno fame, aspettano l'ora della refezione, giocano per ingannare il tempo, e magari pizzicando le lamette dimenticano la fatica del servizio, le scale da salire con le brocche dell'acqua, i piatti da lavare.

D'estate il paese è caldissimo, infuocata polvere, sembra si sgretoli tutto in polvere per il fuoco del sole. Ma d'inverno, lontana la montagna di neve di Cammarata, nitida nel cielo smaltato di gelo, il freddo, come dicono i vecchi, s'infila nelle corna del bue; lo sentiamo anche noi, vestiti come la stagione vuole, avvitarsi nelle ossa. Stretti e intirizziti come passeri i ragazzi si raccolgono sui gradini della scuola, dentro una striscia di sole che è soltanto gracile luce. In attesa che la campana suoni e si aprano le porte, consumano la loro prima colazione: il pane scuro che addentano con furia, la sarda iridata di sale e squame che mordono appena, con attenzione. Più penoso è guardare le bambine, in attesa davanti l'altro padiglione. Alcune portano ancora la vesticciuola dell'estate, le maniche corte; e tremano di freddo, hanno gli occhi di animali che indecifrabilmente soffrono. Come in tutte le società dominate da greve e antica miseria, da pregiudizi che, scaturiti da economiche angustie, persistono in una loro forma superstiziosa, le famiglie povere qui considerano come evento felice la nascita di un maschio, e la nascita di una femmina ritengono invece chiuda il passo ad una sorte migliore. Un figlio maschio è speranza, braccia per il lavoro, aiuto e difesa; ma una femmina non porterà mai niente a casa, può magari disonorarla, e sempre se ne andrà portandosi dietro qualcosa. Perciò se cure si possono avere per i figli, vanno ai maschi. Delle femmine cominciano a preoccuparsi quando sarà necessario attirare in casa qualcuno che le porti via, che le sposi. Allora si fanno sacrifici per vestirle in modo che, come si dice, *non scompaiano*, che cioè si facciano notare: e le mamme hanno un gran da fare a portarle in giro per chiese e negozi. Si levano il pane di bocca per comprare alle figlie le calze di nailon; ci sarebbe da fare uno studio su quel che il nailon significa per i poveri; e ai ricchi, a sentire i poveri parlare di nailon, pare che il mondo non vada più per il verso giusto – il mondo di questi poveri ricchi che hanno il circolo e il salotto con le luttuose fotografie ingrandite, qualche salma di terra che avaramente frutta un triste decoro. I ricchi veri, quelli venuti su con le saline, non hanno di queste preoccupazioni: il mondo va bene per loro, se in quest'ultimi dieci anni ha rovesciato dalla loro parte un mucchio di soldi. Infine, non è poi del tutto peregrina l'idea che il nailon stia facendo la rivoluzione. I sensi dei poveri stanno risvegliandosi al tatto del nailon, le antiche pratiche della familiare ruffianeria matrimoniale, il gioco delle amorose corrispondenze, dei desideri, e persino di quello che oggi si dice il comportamento sessuale, si va facendo più acuto e complesso in grazia delle calze di nailon. Una lieve bandiera color carne ondeggia sulla marcia dei poveri.

La festa che qui si celebra in onore di Maria Santissima del Prato cade nell'ultima settimana del mese di maggio, comincia il mercoledì con una improvvisa grandinata di tamburi, razzi che fischiano nel cielo e la banda municipale che attacca una marcia festosa, a mio ricordo sempre la stessa. Poiché la festa si apre nel pomeriggio, la scuola resta vuota per il turno pomeridiano. Noi maestri firmiamo il registro di presenza e restiamo a chiacchierare in gruppi nelle aule vuote. Dall'indomani, per tutto il resto della settimana, è come ci fosse una vacanza per i soli alunni, noi a scuola per tutto l'orario. Si presenta con i libri sottobraccio, pulitino nel vestito, i capelli con la riga, qualche sparuto ragazzino di buona famiglia: i bidelli lo scoraggiano subito, il ragazzino se ne ritorna a casa.

Stiamo a chiacchierare per tre ore al giorno, noi maestri; e fuori c'è la festa, i ragazzi che dovrebbero essere a scuola seguono a grappoli le bande che girano per il paese, stanno intorno alle bancarelle dalle tende bianche dove si vende la *cubaita*, un torrone che ci vuole il martello a romperlo, disposto a gradini sulle bancarelle, e le mosche che vi si posano così compatte da formare un nero muschio. Io che sono nato qui, provo una punta di malinconia a dovermene stare a scuola; mi piace non perder niente della festa, sedere al circolo e guardare le immagini della festa come dentro un caleidoscopio, il gioco dei colori che continuamente si compone e dissolve – ora domina il rosso, ora il bianco, poi il verde, l'azzurro; e si ritorna al rosso – proprio come girassi un caleidoscopio. E le voci. E i tamburi. E le mule cariche di grano, le donne a piedi scalzi che portano sulla testa il sacco pieno di grano, i ragazzi che portano grandi candele istoriate. Tutte cose che ho visto ogni anno, da quando son nato; e ogni anno mi piace tornare a guardarle, come fossi ancora ragazzo.

Invece me ne sto a scuola e le voci della festa sento lontane, si alzano nel cielo come un pavese. Le aule vuote rendono ancora più malinconico questo piccolo esilio; la stessa malinconia che c'è in un teatro vuoto. Le nostre voci svegliano nelle aule e nei corridoi echi misteriosi. Le discussioni cadono sempre su stipendi indennità aumenti; e, si capisce, sul governo. I maestri ce l'hanno su col governo, a sentire i miei colleghi non uno di loro ha mai dato o darà il suo voto al partito che governa. Invece, di quel partito, molti hanno la tessera nel portafoglio. Così avviene col sindacato, ogni anno tutti giurano che non rinnovano l'iscrizione; e mantengono la promessa fin quando l'ispettore non li chiama ad uno ad uno. L'ispettore è segretario provinciale del sindacato; e il sindacato è quello più vicino al governo. Siamo dei miserabili, dicono i colleghi. Ci si sfoga dunque a parlare. Fuori c'è la festa e noi stiamo a calcolare e a discutere sulle complicatissime tabelle degli stipendi. Il governo ci tratta come pezze da piedi, diciamo. Ma se domani dal sindacato venisse l'ordine di scioperare, tra noi prevarrebbe l'opinione dei maestri più anziani contro lo sciopero; e anche i più accaniti si arrenderebbero. Pensate un po', dice in proposito un collega, a mille e più ragazzi che ritornano a casa dicendo di aver trovato la scuola chiusa per lo sciopero dei maestri. E perché scioperano i maestri? perché chiedono qualcosa in più delle mille e duecento lire al giorno che per ora guadagnano. Mille e duecento lire: Cristo, qui a un salinaro ci vogliono tre giornate per guadagnarle, tre lunghe giornate a fiaccarsi le ossa, a ingrommarsi i polmoni della polvere del sale e del fumo delle mine. E a sentire che noi, obbligandoli a mandare i loro figli a scuola, ce ne stiamo a guadagnar tanto, tre ore e via, a stravaccarci nelle poltrone del circolo, e non ci basta quello che guadagniamo, certo ci odieranno più di quanto odiano il padrone che li spreme. Una volta, prima del fascismo, i braccianti vennero per dare l'assalto alla scuola, volevano bastonarci, e sì che allora molti di noi facevano la fame, chi non aveva qualcosa di suo viveva a pane ed acqua con lo stipendio. E poi, quando venne il fascismo, noi tutti bardati e lustri che le strade parevano nostre tanto la facevamo da padroni, il fascismo eravamo noi maestri di scuola, poveri uomini splendenti di patacche; e il sabato ce ne andavamo in gloria con la divisa di gabardina e il berretto col giummo, e i contadini ed i salinari che ci guardavano con tanto d'occhi.

Il discorso è persuasivo. È verissimo che i poveri ci odiano. Ma ci odiano anche i piccoli proprietari, ad ogni aumento dei tributi che vien loro notificato essi trovano in noi maestri l'oggetto immediato del loro odio contro lo Stato, così cieco lo Stato da rodere le loro poche salme di terra, da costringerli a vendere e a far debiti, e noi pagati per non far niente, centottanta giorni di scuola in un anno, tre ore al giorno di lavoro. Parlano di noi come se le loro tasse direttamente passassero nelle nostre tasche. Con cinque salme di terra – dice uno al circolo – trentamila lire al mese non mi restano. Non dice che le trentamila lire lui le aspetta seduto al circolo da un capodanno all'altro, a incrunare punti al gioco dello scopone. Anche gli avvocati e i medici ci dicono – beati voi che lo stipendio l'avete sicuro e ve ne state a far niente. E si dice – pane di governo – per dire guadagno sicuro, che ogni mese giunge come il giorno dopo la notte; pane di governo che noi maestri mangiamo come quei cani impiombati di noia, che non cacciano e non abbaiano, e i contadini dicono che mangiano *a tradimento* la cruscata. Tutti ci guardano male, insomma. Se scioperassimo, quello delle cinque salme e dello scopone forse accopperebbe qualcuno di noi.

Nella festa il paese si circonda come di un'aureola di grasso odore, una friggente aureola dei grassi agnelli castrati. Il castrato è in tutte le case, intride di grasso fumo le vesti, chiama vino, rosso e denso vino, castrato sedani e vino; e nelle taverne non ci sono abbastanza mani a servire il piatto del castrato e i boccali del vino a tutte le persone che se ne stanno fitte intorno ai tavoli e chiamano a gran voce il servizio. Per quei giorni il compito dei ragazzi, segretamente istruiti dalle mamme, è quello di star dietro ai padri, che non si ubriachino o che almeno li riconducano a casa quando son pieni di vino. È una festa rissosa, esplode rossa ira, sensualità disperata. I ragazzini degli zingari (che sono poi i modicani nomadi che sulle feste dei paesi si avventano come cavallette), sudici e grondanti di tracoma, come furetti lanciati in mezzo alla folla a chiedere carità con indecifrabile lamento, aggiungono acre inquietudine: i ragazzi del paese ne hanno paura, e anche le mamme; credono che con misteriose parole vadano seminando sventura. Tutto è eccessivo, disperato; ci si ubriaca per finire sotto il tavolo, si fa insonne la notte per ciondolare di ronzante sonno l'indomani.

I ragazzi si sforzano di stare svegli fino ai fuochi di mezzanotte, poi crollano nel sonno. Son pieni di sonno il lunedì dopo la festa, per tenerli su nelle ore di scuola bisogna che lasci parlare loro, raccontano come hanno passato la festa e si animano, le cose che hanno comprato, le straordinarie cose che vedono ogni anno e dimenticano. A loro non pesa l'aver fatto di guardia al padre per le taverne, il padre che vomita vino e osceni pensieri; è un compito che assolvono spesso, generalmente la sera di ogni domenica. C'è un ragazzo che questo servizio lo fa anzi ogni sera, il padre è pensionato per infortunio, dopo l'avemaria comincia il giro delle taverne. Quando ho spiegato le misure di capacità lui ha risolto per suo conto una equivalenza, dice – mio padre è capace di bere in una sera decalitri uno virgola cinque. È un ragazzo troppo basso per la sua età, le gambe ad O, una faccia mobilissima; e sa fare comicissime cose. A forza di star dietro al padre ha preso gusto al vino; raccoglie cicche e le fuma involte nella carta dei giornali, qualche sigaretta la compra, e la serba per fumarsela spavaldamente nell'atrio della scuola. Ogni volta che va al cesso qualcuno lo sorprende sempre a fumare. Se lo punisco dice – non è una cosa giusta, però; anche lei fuma. E poi, quello che sa sulle donne; darebbe punti anche al professor

Kinsey, saprebbe risparmiargli un mucchio di lavoro. Aspettando sui gradini della scuola i compagni gli si raccolgono intorno, ascoltano le indecenti cose che sa raccontare. Ha però momenti di tristezza, piange per qualche piccola cosa che a scuola non sa fare. Piangendo è venuto il primo giorno a scuola, il padre lo trascinava chiamandolo disgraziato, figlio di p..., non somigli per niente a me, a scuola ci andavo che mi pareva festa. Crede nell'istruzione, il padre. Nell'istruzione e nel vino. Dice – per me ormai è finita, io della vita ormai non ho che il bicchiere, è per il tuo bene che ti trascino a scuola, almeno ti pigli un pezzo di carta e vai a fare il carabiniere.

I più evoluti sanno soltanto questo: che la scuola dà un pezzo di carta, e con quel pezzo di carta si può fare il carabiniere. I ragazzi prima ci stavano a sognare di fare il carabiniere, quando io andavo alle elementari tutti dicevano di voler fare, da grandi, il carabiniere; ora credono forse sia meglio stare dalla parte dei ladri, vivono nella leggenda di Giuliano, se l'hanno preso è stato col tradimento, dicono. Se dal circolo vedo in fondo alla piazzetta il telone del cantastorie, e certo canta di Giuliano e del tradimento di Pisciotta, posso esser certo che dopo dieci minuti gli si fa intorno al completo tutta la mia classe: potrei chiamare l'appello e non ne mancherebbe uno – cosa che a scuola raramente mi capita. Fin quando il cantastorie smonta, se ne stanno a sentire a bocca aperta, dal loro braccio pende la sporta della spesa o hanno tra le gambe la brocca dell'acqua.

Ho un alunno che non vede a un palmo, legge incollando la faccia sul libro e per vedere lo scritto sulla lavagna deve uscire dal banco e avvicinarsi a guardarla come un ariete che stia per dare di corna. Appena lui esce dal banco, per gli altri è una farsa. Ho fatto chiamare il padre; è venuto camminando con una mano sulla spalla del figlio e nell'altra il bastone; è quasi cieco, vede il chiaro e lo scuro, e ombre che si avvicinano e si allontanano, ombre che parlano. Gli ho fatto presente la condizione del figlio, che gli ci vuole una visita del medico, tanto non pagano perché sono nell'elenco dei poveri, e poi gli occhiali. Dice – lui non vede? ma se ha occhi che scorgerebbe un ago dentro un pagliaio! Gli domandi se li vede i soldi che mi ruba a volo. Finge, il disgraziato, per far ridere i compagni.

Ma io non ho dubbi, il ragazzo davvero non vede. Il padre non si convince. Dice – ti vuoi mettere gli occhiali come un dottore, così ti appiccicano qualche soprannome che ti resta per tutta la vita; te li darò io gli occhiali, ti darò botte più di quanto puoi portarne. Si rivolge a me – lei non ci creda, piuttosto gliene dia, se mi arriva a casa mezzo morto per le botte, io gliene darò ancora per farlo morto tutto.

Me ne capitano sempre, di queste cose. E perciò capisco benissimo che si finisca come quel mio collega anziano che non se ne cura, come se i ragazzi fossero numeri. Forse è come quando si entra in una sala anatomica; c'è chi ne viene fuori sconvolto e non ci metterà più piede, e chi invece vincerà la prima impressione e lentamente si abituerà. Poiché non sono ancora scappato, credo mi abituerò. Ma non sarà come per chi studia anatomia, che acquista conoscenza. Se io mi abituerò a questa quotidiana anatomia di miseria, di istinti, a questo crudo rapporto umano; se comincerò a vederlo nella sua necessità e fatalità, come di un corpo che è così fatto e diverso non può essere, avrò perduto quel sentimento, speranza e altro, che credo sia in me la parte migliore. Così mi vedo come dentro una condanna, da scontare fino alla fine o, come dicono i colleghi, fino alla pensione.

Io penso – se fossi dentro la cieca miseria, se i miei figli dovessero andare a servizio, se a dieci anni dovessero portare la quartara dell'acqua su per le scale lavare i pavimenti pulire le stalle; se dovessi vederli gracili e tristi, già pieni di rancore; e i miei figli stanno invece a leggere il giornalino, le favole, hanno i giocattoli meccanici, fanno il bagno, mangiano quando vogliono, hanno il latte il burro la marmellata; parlano di città che hanno visto, dei giardini nelle città, del mare. Sento in me come un nodo di paura. Tutto mi sembra affidato ad un fragile gioco; qualcuno ha scoperto una carta, ed era per mio padre, per me, la buona; la carta che ci voleva. Tutto affidato alla carta che si scopre. Per secoli uomini e donne del mio sangue hanno faticato e sofferto, hanno visto il loro destino specchiarsi nei figli. Uomini del mio sangue furono *carusi* nelle zolfare, picconieri, braccianti nelle campagne. Mai per loro la carta buona, sempre il punto basso, come alla leva, sempre il piccone e la zappa, la notte della zolfara o la pioggia sulla schiena. Ad un momento, ecco il punto buono, ecco il capomastro, l'impiegato; e io che non lavoro con le braccia e leggo il mondo attraverso i libri. Ma è tutto troppo fragile, gente del mio sangue può tornare nella miseria, tornare a vedere nei figli la sofferenza e il rancore. Finché l'ingiustizia sarà nel mondo, sempre, per tutti, ci sarà questo nodo di paura.

Altrove gente che lavora con le braccia ha già conquistato dignità speranza serena fiducia; qui non c'è dignità e non c'è speranza se non si sta seduti dietro un tavolo e con la penna in mano. E dopo secoli di oscuri sforzi, basta un piccolo urto per ruzzolare dalle scale del mondo, un vortice di scale, un incubo.

Un ragazzo mi racconta di un suo fratello, di qualche anno più grande e già va a giornata, che è *allupato* di fame. La sua scodella di minestra non gli basta, la finisce in un momento; e subito si avventa, lui dice, ad aiutare gli altri. Sicché i più piccoli ne fanno le spese, tra le lacrime vedono la loro minestra sparire. E allora le donne di casa hanno trovato un rimedio, mettono nella scodella dell'affamato una manciata di bottoni, e quasi ad ogni cucchiaiata quello si trova in bocca un bottone, perde tempo a sputarlo. È l'ultimo a finire, ora. Ad ogni bottone che sputa guarda tutti in faccia; e a nessuno scappa di ridere, è una cosa molto seria poter finire in pace la propria minestra. Ma non durerà molto il gioco dei bottoni, qualche sera si stancherà di sputare bottoni, romperà la sua scodella in testa a qualcuno. Quando si arrabbia perde il rispetto anche a padre e madre, è capace di darle anche a loro.

Vivono tutti dentro una stanza, dormono nello stesso letto padre madre e figli; e ogni anno nasce un figlio. Appena i ragazzi cominciano a guadagnare, nessuna soggezione li trattiene, al padre parlano con bestemmie, oscenità – come del resto il padre ha sempre parlato a loro. Ho sentito padre e figlio, in discussioni non propriamente agitate, scambiarsi di queste frasi – Pa', siete davvero cornuto; e il padre – Ma ascolta me figlio di p...

Ma spesso anche i ragazzi che vengono a scuola non hanno soggezione del padre. Entrando nella mia classe un collega nota un ragazzo dell'ultima fila (nell'ultima fila stanno i più alti), dice – è capitato a te questo campione? guàrdatelo bene, mesi addietro stava impallinando suo padre. Pare che il padre gli avesse dato di cinghia, e il ragazzo senza pensarci su stacca lo schioppo dal muro e glielo punta addosso col cane alzato, e via per la campagna, il padre che gli correva davanti gridando – bada che è carico, Totò, lascia perdere, per carità, ti darò cento lire se lo posi; e il ragazzo – lo so che è carico, credi che ti voglia sparare con un fucile scarico? Finì che il padre si buttò dietro un muretto mentre quello faceva partire il colpo; fecero pace nella stessa giornata.

A farlo apposta, un'ora dopo che il collega mi ha raccontato il fatto, viene il direttore; dice – c'è un suo ragazzo che nel corridoio batte soldi al muro. Era Totò, che era andato al cesso e se ne veniva per il corridoio facendo quel giuoco. Il direttore mi fa un bel discorso; quando è a buon punto lascio andare il colpo – questo ragazzo ha sparato a suo padre.

Ancora palpitante di scuola attiva, il direttore si abbatte sul concreto argomento delle pagelle da pagare.

Questo è un paese di mafia. Una mafia più di atteggiamenti che di fatti; benché i fatti, anche se rari, non si può dire manchino, e nella specie di morti ammazzati. Ci sono un paio di capi-mafia, persone che hanno soldi e istruzione, vanno a caffè con i pregiudicati sottobraccio e subito dopo col maresciallo dei carabinieri, appena arriva un maresciallo subito si arruffianano, gli stanno intorno, ne colgono a volo i desideri. Per loro è importante che la gente che vuol vivere tranquilla li veda insieme ai mafiosi più noti; e che i mafiosi li vedano in dimestichezza con gli sbirri, come spregiativamente li chiamano. Vivono in questo giuoco. Se poi volete contarli tutti, i mafiosi del paese, aspettate che sia tempo di comizi e si faccia vedere sulla piazza l'onorevole Zirpo. L'onorevole arriva con la sua macchina americana, grasso e flaccido e giocondo: ed eccoli tutti, i mafiosi, come mosche chiamate dal miele. L'onorevole abbraccia i più vicini, ne trattiene qualcuno con le mani nelle mani all'altezza del cuore. Dice – Pe', quell'affare di tuo fratello era messo male; sequestro di persona, dio benedetto, non era una cosa facile. Ma il brigadiere del nucleo l'ho fatto trasferire... Può darsi che a carnevale tuo fratello venga a mangiare a casa la costata di maiale. E quello – Onorevole, non manca a *vossia*; noi come orfani siamo, e ci raccomandiamo a *vossia*, che qui un voto non scappa.

Uno spiffero di mafia entra anche nella scuola. Quando un padre viene a dirvi – mio figlio *deve* andare alla refezione, *deve* avere il libro gratuito, *deve* essere promosso – potete star certi che crede di far parte dell'onorata società. Si capisce che son cani che abbaiano; ma anche a sapere che sanno mordere l'unico sistema è quello di non mandare il ragazzo alla refezione, di non fargli avere il libro, di non farlo promosso; almeno così raccomandano quelli che hanno lunga esperienza. Ma è un giuoco molto triste. Il ragazzo ha fame come gli altri, potrebbe avere il libro, potremmo con lieve compromesso farlo promosso come facciamo promossi gli altri. Per conto mio, non riesco a sostenerla: non lo mando alla refezione per tre quattro giorni, poi cedo; e per il libro lo affido al comitato; e per la promozione, certo non farò ingiustizia, magari in quel caso sarò appena più intransigente. In fondo, si tratta sempre di povera gente; gente che va fanatica per qualche parola in gergo che ha appreso nelle carceri di san Vito o negli stabilimenti di Portolongone, che crede di fare chi sa che rubacchiando al vicino e buttando un fiammifero sui covoni ammucchiati nelle campagne, che è questa la misura più vile di restituire l'offesa; gente che aggiunge miseria alla miseria. Quando credono che tu abbia capito a quale parrocchia son stati battezzati, diventano straordinariamente servili; ancor più quando vedono che non riescono a impressionare. Salutano cavandosi il berretto e con un mezzo inchino – bacio le mani, sempre a disposizione. Perché sono amici degli amici, e un servizio possono facilmente renderlo passandosi parola. E spesso lo rendono anche alla polizia.

Un maestro che ha avuto un incidente con un mafioso (– lei ce l'ha con mio figlio, mio figlio è il migliore della classe e lei ha intenzione di bocciarlo –) dice – voi sapete se sono stato fascista, ascoltavo radio Londra e ne dicevo di tutti i colori, e il segretario del fascio una volta mi fece chiamare e mi minacciò di confino; ebbene, se *quell'uomo* tornasse io andrei a Roma a piedi scalzi, come le femmine che fanno promissione alla Madonna, gli arriverei davanti camminando sulle ginocchia e gli direi – sono venuto per baciarvi i c... perché *quell'uomo* aveva davvero i c... (fa un cerchio con le mani che può contenere una cassata natalizia); e per togliere questa gente di mezzo ci vogliono c..., e la democrazia non ne ha.

Veramente noi non sappiamo se il collega ce l'aveva anni addietro col fascismo come ora ce l'ha con la democrazia; e personalmente non apprezzo le sue immagini, e il resto. Ma sarei lieto di sapere che l'onorevole Zirpo facesse villeggiatura a Portolongone invece che a Capri.

Ogni anno mi capita di perdere due o tre alunni, e sul registro metto in inchiostro rosso, nella parte riservata alle annotazioni, accanto al nome di ogni alunno che se ne va, «emigrato in Belgio», o in Francia, o nel Canadà. Vengono il giorno che precede la partenza a salutare me e i compagni: sono insolitamente puliti, hanno il vestito nuovo con i calzoni lunghi, i capelli corti e lucidi d'olio. Non che siano commossi, ma abbattuti, stanchi, a disagio in quel vestito nuovo che ha sempre maniche troppo corte, e le mani non sanno dove metterle, forse a causa del vestito nuovo o del sentirle così pulite e odorose di saponetta.

Quest'anno mi è capitato di perdere così un ragazzo che mi voleva bene, se n'è andato a Charleroi dove il padre è andato tre o quattro anni addietro a lavorare nelle miniere di carbone, ma non ce la faceva a guadagnare per sé nel Belgio e per la famiglia in Sicilia, mandava piccole somme; e perciò decise di chiamarseli a Charleroi, la moglie e tre figli. La moglie non voleva partire, sperava il marito si persuadesse a tornare, non voleva credere che nel Belgio si potesse cambiar vita, pensava miseria nel Belgio come qui in Sicilia, per loro sempre miseria, e il cambiar luogo mai avrebbe potuto cambiare fortuna. Ma il marito scriveva che era diverso a Charleroi, e avrebbe guadagnato anche per loro, assegni e altro che davano alle famiglie che vi risiedevano. Fecero le carte, per mesi a sbattere da un ufficio all'altro, e soldi che ci volevano. La donna veniva a scuola a raccontarmi quel che le capitava, l'aiutavo in quel che potevo; al ragazzo regalavo tutto quel che gli occorreva a scuola, e la madre veniva a scuola con uova chiuse nel fazzoletto, diceva che erano delle sue galline e dovevo accettarle; invece le comprava, io mi ci arrabbiavo, tentavo di convincerla che non doveva e che io non potevo accettare, che le desse piuttosto ai suoi bambini e ne sarei stato più contento. Sembrava convincersi; invece trovavo le uova a casa, e dovevo cercare un modo per restituire il regalo sotto altra forma, per non offenderla; ché quando i poveri fanno un regalo il non accettarlo par loro un disprezzo.

Il ragazzo viveva come un picaro, a casa si faceva vedere quando non ne poteva più dalla fame, giorni e notti passavano senza che si facesse vedere; e la madre veniva a scuola a rimbrottarlo, piangeva, si raccomandava che io gli parlassi con severità. Ma il mio discorso era buono per la giornata, tornava a casa dopo la mia predica; l'indomani ritornava a quella sua vita di piccole astuzie di piccoli furti; ne aveva ormai il gusto. Un giorno che vide una vecchia perdere cento lire dentro il tombino di una fogna ci si calò dentro, restò come intrappolato, non poteva più uscirne e gridava: andarono a guardarlo tutti, fu uno spettacolo; e il cantoniere municipale dovette togliere dei basoli per tirarlo fuori, e puzzava di fogna che dovettero metterlo sotto un cannello d'acqua così com'era; se ne ritornò a casa lasciando un rivolo d'acqua per dove passava.

Quest'avventura della fogna fu la sua gloria, lo conoscevano tutti, i compagni lo guardavano con ammirazione, e lui negava di aver pianto, diceva anzi di aver fatto uno scherzo, che poteva uscirne da solo e faceva per burla a gridare, voleva che si radunasse gente e stare a vedere che rompessero i basoli. E forse era vero. Aveva il gusto di queste cose. Di tutto faceva un giuoco. Una volta trovò una boccetta di inchiostro rosso e andò a versarla nel fonte dell'acqua benedetta, nella chiesa della Matrice: e se ne stette per tutta la giornata a spassarsela con la gente che si segnava entrando, e si portava in fronte un bel segno rosso, e anche sui vestiti. Era intelligente, conosceva le cose del mondo e sapeva riderne. Giuocava diabolicamente a battimuro, credo barasse, e gli bastava mezz'ora per raccogliere nella sua tasca tutti i quattrinelli dei compagni. Quando lessi in classe la poesia di Sinisgalli delle monete rosse lui la seppe subito a memoria, e un po' tutti nella classe la dicevano bene; e poi diedi quella del goal di Saba, e anche questa piacque; sicché so che i ragazzi vogliono cose che conoscono, di cui partecipano, e tutti i libri che corrono per le scuole sono sbagliati, se ne infischiano i ragazzi di Stellinadoro e del fiore che nacque dal bacio della Madonna e dei rondinini che chiamano mamma dentro il nido.

Prima di partire venne a salutarmi a casa con sua madre, aveva il vestito nuovo, sorrideva come stesse per piangere. Sempre mi aveva dimostrato affetto e gratitudine, e so che se non ascoltava i miei consigli era perché la povertà la strada l'andare a servizio lo avevano precocemente maturato all'unica sorta di libertà che egli potesse scegliere. Non so se a Charleroi, Belgio, egli si ricorderà di me come io qui, nella scuola, nel paese mio e suo, mi ricordo di lui. E penso che una volta mi raccontò con meraviglia che suo padre aveva scritto – nel Belgio ci sono botteghe in cui uno prende quel che gli occorre e mette i soldi dentro una cassetta, e potrebbe anche non pagare, ma nessuno lo fa, pagano tutti – e raccontandomelo aveva gli occhi lucidi come davanti a un albero di natale. Allora io, maestro, educatore eccetera, faccio per lui un augurio: che se non è cambiato tanto da non mettere la mano nella cassetta di quelle botteghe, e addirittura fino al punto da pagare quello che prende, se a Charleroi, Belgio, continua a vivere come in questo paese della Sicilia, che sempre la faccia franca, che mai bottegai e poliziotti si accorgano del suo giuoco.

Pochi sono i ragazzi che mi si affezionano, e benché ne senta il disagio io so che non c'è ragione perché in loro nasca un sentimento di affetto, io sono lontano da loro come le cose che insegno, come la lingua che parlano i libri, e mi pagano per insegnare cose che a loro non servono, e se ne stanno chiusi dentro una stanza, seduti nei banchi a leggere e scrivere. Se non vengono a scuola il carabiniere si affaccerà alla soglia della loro casa, e il carabiniere ed io stiamo dalla stessa parte, mangiamo il pane del governo. Questo confusamente pensano i ragazzi.

Ma il nostro incontro di ogni giorno finisce col toccare un punto di fusione, provvisorio, tutto risolto dentro l'orario scolastico, ché fuori nemmeno salutano, quasi che finita la scuola io scompaia dalla loro vita con un colpo di spugna. Sembra, per esempio, un gesto suggerito dall'affetto quello del dono di confetti a carnevale. Dal lavorio che si svolge sottobanco, dalla cospirativa raccolta delle cinque lire a testa che uno di loro comincia almeno tre giorni prima, capisco che preparano qualcosa per me. So che il martedì, entrando in classe, troverò un sacchetto pesante di confetti. E allora, per il martedì che è l'ultimo giorno di carnevale, preparo anch'io un sacchetto di confetti; poi fingo sorpresa a trovare il loro sul tavolo, dico – ma guarda, avevo anch'io pensato la stessa cosa per voi – e distribuisco i miei confetti, portandomi a casa quel loro sacchetto pieno di confetti farinosi, ché loro tengono alla quantità, e pur di averne mezzo chilo intero hanno comprato di quelli che le maschere usano gettare contro i balconi. Forse da questo scambio restano delusi, come se, ricambiato, il loro dono avesse perduto di valore. Ma io debbo deluderli, non penseranno così ad altri regali per me, nemmeno a quello di fine d'anno; perché sono poi capaci di venire a risentimenti espliciti – io ho messo i soldi per il regalo e non sono stato promosso.

Se qualcosa mi costringe ad assentarmi dalla scuola, vengono a casa a domandare di me, se sono ammalato, se davvero non posso andare a scuola. E crederei nella loro affettuosa premura se non sapessi che loro ne faranno una vacanza, si sentono in dovere di non frequentare la scuola sapendo che al mio posto c'è un supplente. Ma può darsi che dal loro desiderio di far forca si sgrovigli un sentimento affettuoso. Del resto mi dimostrano disinteressato affetto se c'è ordine di un livellamento numerico nelle classi, e mi tocca cedere a colleghi di classi parallele qualcuno dei miei ragazzi. Tento il sistema dei volontari, chi vuole passare nella classe del tale maestro. Non attacca. Quello di prendere i primi o gli ultimi dell'elenco alfabetico par loro feroce arbitrio. Ricorro al sorteggio, che ritengono il modo più giusto di condannare o di premiare, al di fuori com'è dalla volontà mia e loro. Quelli i cui nomi vengono fuori dal sorteggio si rassegnano al passaggio, ma piangendo. E che non sentano, come di solito i ragazzi, il gusto di cambiare, mi pare segno di genuino attaccamento a me e ai compagni.

Ma non direi che tra loro si vogliano bene. Continuamente si spiano si accusano si insultano. Mi viene l'idea di far loro eleggere il capoclasse, e tutti pongono la propria candidatura. Io spiego il sistema, di come debbono concentrare i loro voti, della metà più uno eccetera. Tempo perso. Al primo scrutinio risulta che ciascuno ha votato per sé. Pare si rendano conto che a questo modo non si può. Ma il risultato della seconda votazione differisce dal primo soltanto per il fatto che tre o quattro voti si concentrano su un solo nome. Alla terza i voti concentrati diventano cinque o sei. Dopo mezza giornata di votare vien fuori un capoclasse eletto con appena la metà più uno dei voti.

Dopo qualche giorno tutti a gran voce mi propongono di destituirlo; il ragazzo si riteneva investito dell'incarico di picchiare i compagni, anche fuori della scuola; con minacce e piccole torture chiedeva tributi. Lo dichiariamo decaduto. La destituzione lo abbatte, gli mette dentro rancore.

Non credo mi verrà più l'idea di fare eleggere un capoclasse.

Ora siamo in maggio. Alla fine del mese si chiuderanno le scuole. Passeggio tra i banchi e penso tutte queste cose. Dal tavolo alla finestra che è in fondo all'aula, dalla finestra al tavolo; e poi da una carta dell'Italia a un manifesto sugli incidenti stradali. Dalla finestra si vede il cimitero, la campagna tutta verde, una strada che si perde in fondo alla valle. È la strada che porta alle saline, gli autocarri vi si muovono lenti come blatte. Penso alla scuola qui, ai ragazzi nella scuola, a me tra i ragazzi. Al pane, penso, e ai ragazzi. All'inverno. Alle case dei poveri. Ai discorsi che fanno al circolo. Al paese alle sue case ai suoi morti.

Ora viene l'estate; la mietitura la raccolta delle mandorle la vendemmia. A mietere un uomo guadagna duemila lire al giorno, si sa già il prezzo perché dalle parti della marina i lavori sono cominciati. Al circolo dicono: perdio, non si è mai sentito che un mietitore debba guadagnar tanto. Dura dieci, quindici giorni la mietitura. Tra le stoppie i ragazzi cercheranno le spighe lasciate. Poi verrà la raccolta delle mandorle, e andranno per *solame*; lasceranno gli occhi nell'intrico dei rami, a scoprire la nuda mandorla che i raccoglitori non scorsero, batteranno tra i rami con le lunghe canne. Il suono che le loro canne fanno mette in allarme i proprietari; sono ragazzi che si lasciano tentare dal grappolo d'uva dalle susine – facessero solo la *solame*, ma rubano anche – e perciò li cacciano via, qualcuno ne approfitta e li costringe a lasciare la *solame* già fatta. Ma l'estate è buona, c'è lavoro nelle campagne, nelle strade. Anche le donne lavorano, nella raccolta delle mandorle e nella vendemmia; o stanno a cuocere il pomodoro, lo spremono nelle tele che mettono al sole, il liquido succo rosso si rapprende nelle tele. Il paese odora di succo di pomodoro, lo senti fermentare nel caldo, è l'odore stesso dell'estate.

È finito l'anno della scuola. Il direttore ci riunirà per il commiato, se Dio vuole sarà l'ultima riunione, in un anno ne abbiamo una diecina, e ci sono poi i cosidetti convegni che il provveditore vuole, discutere i problemi della scuola, e i problemi della scuola sarebbero quelli della radio, del cinema. Sarebbe imperdonabile far notare che qui c'è il problema del pane. Che c'entra il pane con la scuola? Parliamo della radio. Parliamo del cinema. Del resto, tutto è come *allora*. C'è il capomanipolo, il centurione, la segretaria dei fasci femminili, la segretaria delle massaie rurali, maestri che in queste cose si sentono rivivere. Se viene l'ispettore, la festa è al completo; era vicefederale, e tutti gli si mettono intorno con il cuore di *allora*. Se viene il provveditore... A sapere che *quello* non c'è più, che l'hanno ammazzato, viene persino una punta di malinconia, di rimorso.

Suona la campanella. Metto i ragazzi per due, davanti i dieci che andranno per la refezione; nell'atrio la fila si divide, i dieci corrono verso la palestra dove servono il rancio, gli altri si precipitano urlanti nella strada. Con il solito gruppo dei colleghi amici, scendo verso il circolo. Non c'è modo di passare diversamente la serata. Prenderò una rivista, un giornale; o ascolterò i discorsi che si fanno. Per fortuna, è da un pezzo che la questione di Trieste si dice l'abbiano risolta, c'è la gloria di un conterraneo da difendere. Ecco don Carmelo Mormino in piedi nel mezzo della sala, vibrante di entusiasmo – spacciava cocaina, dite? faceva il ruffiano? faceva la spia? me ne fotto io di quel che faceva, io so che quello ha una valanga di milioni, che ha da fare con principi di sangue reale, che si scopa le più belle donne di Roma. Andatevene a Roma con mille lire in tasca e fate quello che fa lui, provatevi a farlo prima di parlare. Mi fate ridere che la legge ha il piede di piombo e arriva dove deve arrivare. Quello se ne fotte anche della legge, ve lo dico io. Vogliamo scommettere...?

NOTA

Queste cronache scolastiche *uscirono sul n. 12 (gennaio-febbraio 1955) di «Nuovi Argomenti». Credevo di aver trascritto in esse i dati di una particolare esperienza, non pensavo condizioni simili si riscontrassero in altre parti della Sicilia, anche in città come Palermo e Catania. Il consenso che colleghi siciliani mi manifestarono, che tutto quel che avevo scritto era vero, e che avevo avuto il coraggio di scriverlo, in un certo senso mi sorprese. Qualcuno mi disse che, in certi posti, c'è addirittura di peggio.*

D'altra parte, eguale consenso le cronache non riscossero tra i colleghi di Regalpetra; qualcuno le trovò addirittura fantastiche: fenomeno abbastanza comprensibile; qualche altro, pur trovandole vere nell'insieme, mi fece notare che certi dettagli non corrispondevano alla realtà: il salario dei braccianti agricoli, oggi, non è di 600 ma di 700 lire al giorno; quello dei salinari di 600 e non di 500; e i ragazzi non portano più i sandali di legno con striscette di cuoio; e alla refezione scolastica i ragazzi non tengono più come prima, molti lasciano le scodelle piene, prendono il pane e la marmellata e lasciano intatta la zuppa di fagioli o la pastasciutta. Da quest'ultimo fatto il collega deduce che non c'è più la fame di prima. *Io non so se è da attribuire a sazietà o a invincibile disgusto il fatto che le scodelle restino piene: può darsi siano migliorate, nelle famiglie, le condizioni alimentari; ma è più facile sia stato il rancio scolastico a peggiorare, che da disgustoso che era sia diventato addirittura impossibile. Nel 54-55 io non ho frequentato la refezione; ma già negli anni precedenti il rancio era tale che, ad entrare nell'aula dove veniva scodellato, mi affiorava il cattivo pensiero che a farne ingollare un cucchiaino per assaggio all'on. assessore regionale sarei stato felice, e in quanto contribuente e in quanto maestro.*

Ogni centro di refezione assorbe l'attività di un maestro, esclusivamente a questo servizio distaccato, *e di quattro cinque cucinieri e inservienti. Se invece di quella tremenda scodella di zuppa calda l'assessorato pensasse di far distribuire una refezione meno evanescente di biscotto e marmellata, o cioccolato, o formaggino, i ragazzi sarebbero felici; e il dispendio notevolmente ridotto. È buona l'idea di una refezione calda: a patto che la cosa calda risulti commestibile.*

C'è da sperare che il nuovo assessore regionale per la Pubblica istruzione, invece di far circolari sul saggio ginnico di staraciana memoria e sul canto obbligatorio *dell'Inno a Roma (quello che cantano i misini) come il suo illustre predecessore, cominci ad occuparsi di cose più concrete, e anche della refezione.*

I SALINARI

La sera del 12 maggio di quest'anno, dopo aver ascoltato dalla radio il messaggio del Presidente Gronchi, un po' sconvolto dal fatto che tutti fossero improvvisamente d'accordo, anche i monarchici, anche i democristiani che qualche ora prima mostravano diversa faccia, lasciai il circolo. L'unica mia difesa, qui, è il *non essere d'accordo.* Mesi addietro, parlando con La Cava, vive in un paese della Calabria, un paese che molto somiglia al mio, sempre sogna di evaderne, gli dicevo – finché ti considerano un poveruomo, al tuo paese, sta' sereno; ma quando cominceranno a considerarti un uomo intelligente, e allora scappa. Temevo perciò mi si guastasse dentro la commozione di quel messaggio. Per fortuna don Carmelo Mormino, uscendo, mi disse tirandomi per la manica, in confidenza – sì, tutti contenti sono; niente capiscono; quest'uomo getterà nero come la seppia – così riconfortato nei riguardi del Presidente Gronchi, mi avviai verso casa. La piazza era intrisa di quella estrema luce che alle persone conferisce non si sa che lontana malinconia, come di una smarrita identità; le sole luci accese erano sul balcone dei fascisti, una fiamma di lampade tricolori, e sul palchetto dei comunisti; segno che i due partiti avrebbero tenuto comizi. In fondo al corso, davanti la chiesa della Matrice, vidi improvvisamente la folla aggrumarsi. Mi avvicinai. Si diceva di una mortale disgrazia avvenuta nella salina Fontanella, qualcuno aveva portato la notizia e ora la folla gli si stringeva ansiosa: di uomini bloccati dentro da una frana, si diceva, uno morto, forse più di uno, due morti, un morto e due feriti, niente si poteva dire se prima non si sbloccava la galleria. Erano notizie confuse, continuamente smentite e riconfermate. Partirono i carabinieri, il segretario della Dc, i salinari che erano di riposo corsero per portare aiuto. Più tardi, si seppe che c'era stato un solo morto; improvvisamente era crollata una volta e lo aveva seppellito, per tirarlo fuori avevano sparato cartucce di dinamite, lo avevano trovato irrigidito nel gesto di chi dà di palo verso l'alto, la morte era stata immediata. A ricordo dei vecchi, una disgrazia simile non era frequente nelle saline, nelle zolfare questi crolli spesso avvengono, raramente nelle saline. Giorni prima un salinaro mi diceva che nella zolfara il crollo di una volta, o di una massa di materiale che dalle pareti si stacca, è annunciato, ma per una frazione di secondo, da un suono come di violenta scucitura o strappo, a qualcuno riesce buttarsi di lato: ma nelle saline il pericolo è silenzioso, non mortale come nelle zolfare, di solito si staccano piccole pietre di sale, gli infortuni son cose di ogni giorno.

L'indomani il salinaro morto ebbe un funerale con banda corone e autorità. Un signore mi diceva – i tempi son davvero cambiati, trent'anni addietro una simile morte non faceva impressione, come fosse morto un cane. Sì, qualcosa di meglio c'è, per i salinari; almeno da morti la loro condizione è migliore; da vivi non direi. L'uomo che veniva accompagnato al cimitero con banda e corone guadagnava seicento lire al giorno, aveva moglie e un bambino, così finiva la vita, per guadagnare seicento lire in una giornata di dodici ore. Gli avevano scelto un bel tabuto: lucente, di aerodinamica forma, il meglio che c'era; i padroni non avevano badato a spese. A me e al segretario della Dc che insieme accompagnavamo il morto al cimitero, un salinaro diceva – da quindici anni che lavoravamo nella stessa salina, io l'ho tirato fuori ieri notte; vedete come si sconta il pane? E il segretario della Dc – non me ne parlare, ieri notte non ho potuto dormire.

Nella giornata era accaduto che un pazzo aveva accoltellato le sorelle e, camminando dietro al salinaro morto, chiuso nel suo bel tabuto lucente, il professor G., fascista-democristiano, spiegava come ai maligni influssi del mese di maggio fossero da attribuire le due disgrazie, maggio si sa che è mese climaterico, bisogna guardarsi, infatti non ci si sposa, sempre sventure porta. Chiesi al professor G. se lui era nato in maggio. No – rispose – in agosto. Questo bastò a riconciliarmi col mese di maggio.

Dietro al tabuto, che gli amici portavano a spalla, c'era la vedova; il volto piccolo e bianco, quasi portata dalle donne che aveva a lato, nemmeno la forza di piangere più le restava; una donna piangeva il morto con parole che affioravano da un'oscura e antica poesia del dolore – colonna d'oro, giglio – lo chiamava. Il vecchio padre del morto aveva la testa avvolta in uno scialle, così accecato mugolava il suo strazio.

I francesi Gerville e Mathieu, entrando in una cava di sale dell'Africa equatoriale, si sentono precipitare in un «centro di orrore» nel «luogo geometrico della solitudine» nella «capitale del nulla»; ma io nelle saline queste sensazioni e pensieri non ho avuto, e non credo siano diverse da quelle dell'Africa equatoriale, forse Gerville e Mathieu ci mettono un po' di letteratura. Anche José Altimir Bolva che sa tutto sul sale, anche sul sale di Regalpetra, e lavora ad un'opera monumentale, *La sal en el mundo* che si pubblica a Madrid *al servicio de la industria salinera*, si lascia andare alla letteratura; servendo la *industria salinera* don José si lascia tentare dalla letteratura, ad un certo punto esplode in una preghiera al sale, pare di leggere una parodia a D'Ors.

Ritengo che questa vena letteraria sulle saline abbia origine dalle impressioni che alcuni viaggiatori cavarono da quelle saline africane dove lavoravano i forzati, bestialmente trattati, coperti di ulcere che per l'azione del sale sempre più incancrenivano. La salina in sé non ha niente di terrificante, ad entrarvi si ha anzi un senso di refrigerio se d'estate, d'inverno l'aria è umida ma non gelata, la sensazione di freddo viene dalle pareti levigate e lucenti d'acqua. Ecco una descrizione tecnica della salina:

L'ambiente di lavoro è costituito da cave a cielo coperto (navi), scavate a diversa altitudine, dalle quali viene estratto il minerale. Si accede alla cava a mezzo di una normale galleria di varia ampiezza e lunghezza. Altri imbocchi analoghi esistono allo stesso livello e a un livello superiore, ed altri ancora sono situati a un livello inferiore, per modo che si viene a realizzare nell'interno della cava una discreta ventilazione. La cava propriamente detta è formata da una vasta grotta; la coltivazione del minerale si svolge sulle pareti della grotta risultandone delle navate e dei pilastri. I fronti di avanzamento, dove cioè viene effettuato l'abbattimento del minerale, in numero vario, si svolgono secondo l'orientamento dei banchi, che a volte superano i sessanta metri di spessore. Durante l'operazione di abbattimento del minerale, si viene a produrre della polvere che si disperde nell'ambiente. Dalle pareti frequentemente filtra acqua. L'estrazione del minerale avviene a mezzo di brillamento di mine collocate in fori o solchi praticati con perforatrici elettriche, o con picconi e pali; e anche il gas delle esplosioni domina nell'ambiente. Il caricamento del materiale è fatto a mano o con pale. Le gallerie d'accesso sono in genere così ampie da evitare l'impiego dei carrelli alla decauville, dal luogo di abbattimento gli autocarri direttamente trasportano il sale ai centri di deposito e di molitura.

Se qui ci fossero lampade come in chiesa – mi diceva un salinaro – saremmo come in una sala fatata, tutto il paese ci potrebbe ballare. Con le rare lampadine che pendono dai fili come arance dai pruni del presepe, una luce d'arancia che assonnata dondola allo scoppio delle mine, la salina suggerisce l'idea di una clandestina fucina, come se gli uomini che vi si muovono cospirassero a far saltare il mondo dalle sue viscere. Ma se una torcia si accende l'abbagliante candore delle pareti e della volta, il giuoco degli sprazzi e delle rifrazioni, davvero creano una grotta d'incanti. Spesso, in nicchie scavate da misteriose filtrazioni d'acqua, i salinari trovano cristalli di sale in fragilissimi steli, stelle e guglie, ovoidi sfaccettati e luminosi: li chiamano *brillanti*, quando li trovano con delicatezza li involgono, li portano a casa per adornare il canterano, tra le tazzine del caffè dorate che dal giorno delle nozze non c'è mai stata occasione di usare, ai piedi di una statuetta della Madonna o di un santo, il *brillante* diventerà opaco di polvere sul canterano; oppure lo regalano a qualche galantuomo, che lo terrà sullo scrittoio come fermacarte.

Le rare lampade non arrivano dove con le perforatrici e le mine si avanza, i picconieri lavorano al lume dell'acetilene: bucano, mettono dentro i cartocci di esplosivo (per economia sono confezionati sul posto, con carta di giornali), attaccano la miccia: poi, mentre il verme di fuoco cammina per imbucarsi, di corsa si allontanano. Gli scoppi si perdono opachi nella vastità della grotta. A rinculo l'autocarro si accosta al luogo dove il materiale è crollato, i manovali cominciano a caricare, a mano le pietre grosse, con la pala il pietrisco.

Il fenomeno del nistagmo è frequente nei salinari. Sul nistagmo dei minatori si fanno varie ipotesi: che sia da attribuire alla deficiente illuminazione degli ambienti di lavoro, o all'intossicazione acuta o cronica da gas, o a posizioni anormali del corpo durante il lavoro; e tutte e tre le cause esistono nel lavoro dei salinari, ma pare sia da ritenere decisiva la prima ipotesi. Il nistagmo è «una serie di oscillazioni ritmiche dei bulbi oculari»; quello dei salinari «orizzontale, di tipo prevalente dinamico»: è come quando si guasta qualcosa nel meccanismo delle bambole che *aprono e chiudono gli occhi*, quel pezzo di piombo che secondo la posizione che si dà alla bambola provoca il movimento degli occhi, resta in oscillazione; uno si sente l'occhio come appeso a un filo – mi dicono.

Letteratura relativa alla patologia dei lavoratori del salgemma non esiste. Studiata è stata l'azione irritativa del sale, e i fenomeni flogistici che ne conseguono, nei lavoratori dei porti mediterranei addetti al carico e allo scarico del sale, nei salatori d'Islanda ecc.; nessun altro contributo. I rilievi clinici e le ricerche di laboratorio cui faccio riferimento sono dovuti a un giovane medico di Racalmuto (paese il cui territorio confina con quello di Regalpetra, e altrettanto ricco di saline), il dottor Nicolò La Rocca, che sotto la guida del professor Fradà, docente di medicina del lavoro presso l'Università di Palermo, ha svolto una interessante tesi. Il dottor La Rocca ha esaminato un gruppo di cinquantaquattro lavoratori, di età tra i diciannove e i sessanta, che con attribuzioni varie lavorano nelle cave di salgemma da un minimo di un anno a un massimo di ventotto. L'alimentazione di questi uomini è quasi esclusivamente costituita da idrati di carbonio: pane e cipolla cruda o pane e sarda salata nei due pasti che consumano sul posto di lavoro; la sera, a casa, una minestra a base di pasta di scarto e verdure; la pastasciutta solo la domenica. Quasi tutti accusano dolori reumatici, particolarmente nella stagione invernale, alle anche alle ginocchia e nel tratto lombare della colonna vertebrale; l'ambiente di lavoro è dominato da un clima umido (in estate la temperatura nella miniera è di 22-24° con umidità relativa del 60-65%, mentre la temperatura esterna è, in media, di 34° con umidità relativa del 42%) e, in relazione alle manifestazioni reumatiche, è da tenere presente che fino a pochi anni addietro i lavoratori trasportavano a spalla il minerale dal luogo di abbattimento agli imbocchi della miniera; e ancora, quando nell'abbattimento del minerale vengono a crearsi dei dislivelli, il trasporto fino all'autocarro viene compiuto a spalla. La vecchiaia dei salinari è tutta «dolore di ossa», come loro dicono; questi dolori li chiamano anche *romantici*, vogliono dire reumatici, è una parola che mi porta a surreali considerazioni, immagino i doloranti romantici di cui la provincia è ricca, romantici che stanno tra Werther e il festival di Sanremo, acciaccati dal dolor d'ossa dei salinari. Quando i salinari vanno in pensione (cinquemila lire al mese) passano le giornate al sole, pensano che il sole possa prosciugare le ossa di tutto l'umido che hanno assorbito nella salina, invece ogni sera le ossa ricominciano a pesare.

A causa dei dolori reumatici i salinari perdono in un anno da sei a dieci giornate di lavoro ciascuno, è un'incidenza limitatissima, ma è da considerare che il salinaro non perde una giornata di lavoro se non quando il dolore lo inchioda; chi non lavora un giorno veramente per un giorno non mangia, ammalati e infortunati hanno duecentottanta lire al giorno. Ecco, su centotrentuno operai, le assenze che si sono avute in un anno, mese per mese, per malattie e per infortuni (la prima cifra si riferisce alla malattia, la seconda all'infortunio):

gennaio 24, 30; febbraio 19; marzo 45, 17; aprile 51, 48; maggio 6, 6; giugno 27, 22; luglio 32, 40; agosto 28, 18; settembre 49, 17; ottobre 124, 71; novembre 18, 35; dicembre 153, 37.

Non si nota, da queste cifre, quel crudo risveglio dei dolori reumatici che si verifica nei mesi invernali; dolori o no i salinari si trascinano al lavoro, anche infortunati non stanno a casa se non per la giornata che ci vuole per farsi ricucire dal medico, di solito si tratta di piccole ferite alla testa, ai piedi e alle mani. Se si tratta di ferite aperte, non contusioni o ammaccature, una piccola ferita richiederebbe astensione dal lavoro fino alla cicatrizzazione, invece i salinari non se ne curano, a volte le ferite pericolosamente si impiagano: ma non si può stare a casa a curarsi se invece delle seicento lire che si buscano lavorando arriveranno, quando piacerà a Dio, le duecentottanta lire dell'assicurazione.

In tutti i salinari si riscontra una spiccata iperidrosi alle mani; anche dopo una prolungata astensione dal lavoro nelle saline, a stringere la mano di un salinaro si ha la sensazione di toccare una pietra bagnata, non la sgradevole sensazione di una mano sudata, ma qualcosa di minerale, come la superficie stessa di una pietra di sale. Specialmente negli operai addetti al carico si producono dapprima delle eruzioni bollose, poi una macerazione che mette a nudo il derma con formazioni di abrasioni e ulcerazioni circondate da un alone infiammatorio dolente; ma a lungo andare la formazione di una difesa callosa in qualche modo supplisce al mancato uso di guanti di tela gommata, che dovrebbero essere indispensabili in un simile lavoro.

In diciotto soggetti su ventotto, è stato riscontrato uno stato bronchitico, e all'esame radiologico risultava un rinforzo della trama bronco-vascolare, specie nelle regioni perilari. A parte i rilievi clinici, il catarro dei salinari è come un segno di riconoscimento: nelle giornate di domenica, in piazza, potreste distinguere i salinari dal raschiante catarro che manifestano. A questi fatti va aggiunto «il rilievo frequente di valori emopressori sub-normali», che in altre parole vuol dire che i salinari hanno pressione bassa; il che, mi si assicura, contrasta con quel che finora si conosce sull'azione del cloruro di sodio; ed è dunque un fatto che meriterebbe più esauriente studio.

Una volta scrissi per « Il Popolo » democristiano un articolo sui salinari; fu pubblicato, ma un redattore mi scrisse che era stato ardimento grande il pubblicarlo. L'anno scorso venne un inviato di un giornale romano, gli proposi le saline, ma il suo giornale pretendeva festosi fatti, volle sapere tutto su una caratteristica festa del paese, niente sui salinari. Un amico, buon giornalista e poeta, mi chiese invece delle saline; andammo insieme, l'amico prese appunti, disse che avrebbe scritto, forse i suoi giornali pensarono che non era giusto far cadere sui lettori così deprimenti *servizi*. Una volta che nell'aula del Parlamento regionale si fece il nome di Regalpetra fu che un deputato comunista accusò il Governo dei « fatti di sangue di Regalpetra »: e per la verità il sangue c'era stato, ma qualche goccia, e dal dito di un appuntato dei carabinieri che tentava di impedire l'invasione del municipio ai braccianti in sciopero. Per quel che riguarda i salinari, nessuno si è mai sentito in dovere di prendere la parola, nemmeno quelli che conoscono la situazione, e promettono, e riscuotono voti. Una volta al circolo dei minatori venne un deputato nazionale, ascoltò i salinari, raccontavano miseria e l'onorevole chiudeva gli occhi come in preda a indicibile sofferenza, infine diede un calcio al tavolo dicendo che *perdio, bisognava far qualcosa*; dal tavolo cadde una lampada e andò a pezzi, l'onorevole promise grandi cose, ai minatori toccò comprare una lampada nuova. Nessuno insomma ne vuol sapere, né giornalisti né partiti né sindacati. Se gli zolfatari scioperano hanno assistenza, l'ECA si mette in movimento, gente viene da fuori a interrogare e fotografare, la prefettura tira fuori quattrini e lancia telegrammi; ma lo sciopero dei salinari si risolverebbe in sciopero di fame, nessuno penserebbe a loro, i padroni resisterebbero per mesi; c'è stato un tentativo anni addietro, niente di buono venne fuori.

Gli operai, picconieri e caricatori, lavorano a cottimo: un picconiere ha seicento lire per ogni carico di sale che abbatte, un carico conta per sette tonnellate, in realtà è di dieci; per abbattere un carico di materiale un solo picconiere impiega dalle sei del mattino alle sei di sera; i caricatori, generalmente in gruppi di cinque, hanno seicento lire per ogni carico, dalla salina alla stazione o al luogo di molitura, carico e scarico; non riescono a fare più di cinque carichi in una giornata. Anche i caricatori guadagnano dunque seicento lire al giorno.

Per quel che riguarda la mano d'opera un chilo di sale, estrazione e trasporto fin dentro il vagone merci che porterà il minerale verso il nord o al mare di Porto Empedocle, costa agli esercenti da dodici a quindici centesimi; aggiungendo le spese per i mezzi di trasporto energia elettrica assicurazioni e tasse (ed è difficile gettare un occhio su queste misteriosissime cose), non credo che un chilo di sale costerà agli esercenti più di una lira.

Quando la nave traghetto si sgancia dalla stazione marittima di Messina e comincia a muoversi verso Villa, agenti di polizia e di finanza col sottogola abbassato entrano negli scompartimenti, domandano ai viaggiatori del contenuto delle valigie, alzandole con la mano ne provano il peso, qualcuna la fanno aprire; poi, negli scompartimenti di prima e seconda, smuovono l'imbottitura dei sedili per vedere se sotto qualcosa è stata nascosta. I viaggiatori generalmente non riescono a rendersi conto delle ragioni di così accurata ricerca, che cosa dalla Sicilia si possa contrabbandare non riescono a capire, ritengono che anche sul traghetto lo Stato voglia manifestarsi ai cittadini nei suoi gratuiti arabeschi d'inquisizione e controllo. Invece gli agenti cercano il sale, una volta mi è capitato di vedere apparire, sotto l'imbottitura rimossa dall'agente, due grosse pietre di sale, il poliziotto ci spiegò che a Messina, prima che il treno scenda al traghetto, i *contrabbandieri* (poveri contrabbandieri di qualche chilo di sale, poveri quanto quegli uomini che cavano il sale dalla terra) vanno nascondendo il sale sotto i sedili: e se va bene, a Villa lo tirano fuori; se gli agenti lo trovano, c'è solo il rischio di perdere il sale, loro se ne stanno nei corridoi e seguono con indifferenza le operazioni di ricerca, è la solita tecnica, la roba di contrabbando è sempre *res nullius* quando gli agenti la scoprono. Questo ci spiegò l'agente, noi viaggiatori insospettabili, forse a sapere che al mio paese il sale non si compra qualche sospettosa occhiata mi sarebbe toccata.

C'è dunque gente che si paga il prezzo della traghettata, o qualcosa guadagna, portando dalla Sicilia in Calabria (o più oltre: a Roma) un po' di sale. Anche in Sicilia, nelle città e in certi paesi, il sale molito si paga dalle 30 alle 70 lire ogni chilo; e se si pensa che un picconiere ha 6 centesimi su ogni chilo di sale, e 6 centesimi il caricatore, la sproporzione non può non apparire enorme. Ma a parlare con gli industriali del sale, qui a Regalpetra, si ha l'impressione che loro continuino a cavar sale solo per amor del prossimo, niente guadagno, tanto il buco e tanta la toppa, come si dice in proverbio: quel che ricavano fino all'ultimo centesimo pagano. Se fate presente che a pochi chilometri da Regalpetra, a Cattolica Eraclea e a Cammarata, i salinari hanno più giusta mercede, e secondo i contratti nazionali, vi rispondono che loro sono in concorrenza con gli industriali di altre zone e non riuscirebbero a resistere se per quel che riguarda i salari si uniformassero ai contratti nazionali. Insomma, il prezzo della concorrenza è il salinaro che lo paga. Ma inutile chiedere perché questo gioco di concorrenza, e quali sono i motivi che impediscono la formazione di un consorzio: forse nemmeno tra loro i quattro industriali di Regalpetra riescono ad andare d'accordo, per quella sorta di grezza anarchia che rende impossibile la vita del Consiglio comunale, che stronca ogni iniziativa comunitaria, che fa litigiosa la stessa comunità familiare quando il giuoco degli interessi si apre. È la legge che, in questo caso, dovrebbe farsi sentire; e se non ci sono leggi buone a proteggere le trecento famiglie di Regalpetra che vivono del lavoro nelle saline, quelli che le fanno bisognerebbe ne pensassero una giusta.

L'industriale del sale è generalmente un nuovo ricco, fino a pochi anni addietro lavorava di piccone e di palo, o faceva piccolo commercio, ma sempre tentando la sorte con meno avventura ma con eguale ostinazione di quel tipo umano che gli americani chiamano *prospector*. C'è gente dalle nostre parti che la speculazione mineraria ce l'ha nel sangue, un tempo chi si avventurò con gli zolfi ebbe improvvisa ricchezza, poi vennero crolli e miserie; chi nel dopoguerra, in questo dopoguerra, tentò la fortuna col sale, costruì ricchezza più solida.

La salina non presenta gli stessi rischi finanziari della zolfara, non richiede costosi impianti né tecnici: si comincia a grattare il fianco di una collina e il sale è già pronto a dar sapore al cibo degli uomini. Basta arrivare prima di un altro agli uffici del Corpo delle Miniere, come in un western, certo lo Stato italiano non è quello di California, ci vuole tempo perché la concessione arrivi, ma ci sono tipi che ovunque fanno California: prendono la concessione e via a cavar sale, in grazia della concessione tracciano strade sulle altrui proprietà, sventrano colline, dalla rabbia i proprietari si fanno le budella come corde di chitarre.

Nella media e grossa borghesia italiana si incontra spesso l'uomo che *si è fatto da sé* ed è *tutto d'un pezzo*, l'autodidatta della ricchezza; e come l'autodidatta propriamente detto resta in posizione di *irregolarità*, in una specie di *terra di nessuno* tra l'ignoranza e la cultura, così l'autodidatta della ricchezza resta tra il mondo della povertà e quello della ricchezza: parla come un ricco e agisce come un povero, disprezza i ricchi che non hanno conosciuto la povertà e i poveri che non sanno pervenire alla ricchezza, lascia i parenti poveri e non sa trovare parenti ricchi. Questa condizione di solitudine alimenta violenza, egocentrico furore; l'uomo ricco assume tutte le caratteristiche del fuorilegge, considera impotente la legge di fronte al denaro e i poveri dalla stessa povertà fatti vili e corrotti, è un fuorilegge armato di neri pensieri – gli operai meglio li tratti peggio è; la gente comincia a star troppo bene per sentire voglia di lavorare; a prendersela con me è come battere una quartara contro un muro; la miseria è solo inettitudine; non è vero che c'è miseria, la domenica non si può andare al cinema per la folla che c'è – e così via, neri pensieri su cui danza una fatua fiammella tricolore.

Nei momenti di più alta richiesta lavorano nelle saline fino a 400 operai, poi un'improvvisa contrazione del mercato, certo dovuta al giuoco della concorrenza, porta disoccupazione per più della metà, ci sono periodi in cui solo un centinaio lavorano; i disoccupati cercano lavoro nelle campagne, portando nuovo disagio nella categoria dei braccianti agricoli. Il progresso non ha portato beneficio ai salinari, prima ci volevano quattro uomini a lavorare di palo e piccone, e oggi uno solo con la perforatrice elettrica fa il lavoro di quattro. In grazia del progresso, gli autocarri da dieci tonnellate che vanno dalla salina allo scalo ferroviario, è scomparsa una categoria di lavoratori che in appalto provvedeva al trasporto del sale, e anche dello zolfo: asini in branco, bastavano due o tre uomini a condurli, portavano a basto il sale, non più di un quintale ogni asino portava; continuamente gli asini dei *vurdunari* (approssimativamente: mulattieri) attraversavano il paese, sotto il peso andavano come accecati, i lunghi bastoni dei conducenti grandinavano colpi. Ragazzo, io pensavo la favola dell'asino carico di sale che si buttò a guadare il fiume, e sull'altra sponda si trovò leggero; e poi lo stesso fece quando ebbe carico di spugne, e affogò: ma nel territorio di Regalpetra fiumi non ci sono, il sale pesa sugli uomini come pesava sul basto degli asini, la vita è per il salinaro come una spugna che s'imbeve d'acqua, sempre più pesa, lo tira giù ad affogare. Non ci sono più i *vurdunari* con il pettorale di cuoio e il bastone lungo, gli autocarri dei campi Arar presero dieci anni fa il posto degli asini pieni di guidaleschi, qui si dice *asino di vurdunaru* per indicare un simbolo di straziata pazienza, gli asini furono venduti per il macello, partirono verso il nord vagoni pieni. Ora ci sono gli autisti, ragazzi mal pagati che per dodici ore vanno su e giù, dalla salina alla stazione, per strade piene di polvere o di fango: su macchine ormai così scassate che qualche volta ci scappa il morto; uomo o macchina, tutto deve essere sfruttato fino all'estremo, fino all'annientamento e allo sfascio.

DIARIO ELETTORALE

Queste note vanno dal 20 aprile al 5 giugno di quest'anno, i giorni della campagna elettorale per la terza legislatura dell'Assemblea Regionale Siciliana.

Il parlamentino *non gode buona popolarità in Sicilia: le masse popolari lo ignorano, soltanto nei periodi della battaglia elettorale la rivelazione che a Palermo siede un'Assemblea che può fare e disfare le leggi porta in loro una certa passione, e la valutazione appassionata di quello che si è fatto e che non si è fatto, di quello che si dovrebbe fare; il ceto medio recisamente non ammette la funzione e l'utilità dell'Assemblea e del Governo regionale, giudica che tutto si risolve in una costosa scimmiottatura del Parlamento nazionale e del Governo centrale, una trovata messa su per dar modo a novanta persone di fregiarsi del titolo di onorevole e goderne stipendi e vantaggi. Vanno fanatici dell'Assemblea e del Governo della Regione i sindaci democristiani dei Comuni siciliani, sempre aperta alle loro richieste è la burocrazia regionale, lavori pubblici e assistenza sempre ottiene un sindaco democristiano, ben altra esperienza un sindaco comunista è costretto a fare dietro le porte chiuse degli assessorati regionali: e questo, che in paesi di sicura democrazia sarebbe fatto impensabile, o almeno scandalosissimo, qui diventa argomento di gran forza nella propaganda capillare degli attivisti democristiani. Dicono costoro – lo vedete quel che succede ai Comuni amministrati dai comunisti? Manco un soldo vedono! Se non votate per noi non avrete un metro di fognatura né strade né cantieri-scuola – e la gente conviene che è vero, davvero così vanno le cose. Altre categorie incondizionatamente favorevoli all'Ente Regione sono quelle degli industriali appaltatori fornitori ecc.; le persone di buon senso, disposte ad ammettere che, bene o male, il Governo regionale a qualcosa serve, non sono molte.*

Per questa campagna elettorale il nostro osservatorio è un paese della provincia di Agrigento, continueremo a chiamarlo Regalpetra, circa dodicimilacinquecento abitanti, settemilacinquanta iscritti nelle liste elettorali; un paese di contadini zolfatari cavatori di salgemma; e piccoli proprietari; e un numero di bottegai certamente sproporzionato rispetto al numero degli abitanti e alle effettive possibilità di acquisto della popolazione. Il salario dei braccianti agricoli è di settecento lire al giorno, la media delle giornate di lavoro ottanta in un anno; i salinari lavorano a cottimo, guadagnano seicento lire lavorando dodici ore; gli zolfatari guadagnano milleduecento-millecinquecento lire al giorno, c'è una sola zolfara in attività, un tempo c'erano cinque o sei zolfare che chiamavano lavoro, circa ottanta persone lavorano oggi nella zolfara. I piccoli proprietari dicono di avere l'acqua alla gola per le tasse fondiarie e i contributi unificati: persone che non lavorano, la loro attività si esaurisce nell'osservare la fioritura dei mandorli, il venir su del grano, ora ci vuole pioggia, speriamo il gelo non bruci la fioritura, il grano ha bisogno di tempo asciutto, la grandine ha danneggiato la vigna; vanno in campagna a dare un'occhiata e poi siedono al circolo a parlare del bel tempo o della pioggia che ci vuole; qualche tomolo di terra cominciano a venderlo per far fronte alle spese di casa, al decoro di dover mantenere i figli a studio, anche ad avere la testa come una boccia di legno, i ragazzi devono arrivare alla laurea, le teste davvero come bocce rotolano per la scuola media il liceo l'università.

Questo paese non ha mai avuto un deputato, magistrati e funzionari di polizia ne ha avuti a dozzine, alcuni hanno fatto buona carriera, mai un deputato però, uno che vada su a provocare leggi giuste per questo paese. Una volta, prima del fascismo, il paese intero diede voti al socialista Marchesano, prometteva grandi cose, acqua e giustizia, ma arrivò alla Camera e di tutte le promesse si era scordato, chi all'onorevole si rivolse per chiedere quell'acqua che con impeto dannunziano aveva fatto sgorgare nei comizi, si accorse che nemmeno il nome del paese l'onorevole riusciva a ricordare. Fu delusione grande, i vecchi raccontano dell'onorevole Marchesano per ammonire che dei candidati forestieri non ci si può fidare, per uno del paese bisogna votare. E in queste elezioni un candidato locale c'è, nella lista del Msi, un avvocato: si è già presentato, nella stessa lista, per le elezioni regionali del 51, ha avuto duemilaquattrocento voti nel paese, ma tra i nove candidati del Msi il giuoco delle preferenze lo ha confinato al sesto posto, nel collegio il Msi ebbe un solo quoziente, andò su un ex vice federale. In queste elezioni, considerato lo sfrido psicologico dovuto al fatto che nel 51, nonostante i molti voti dei concittadini, il candidato locale non si è nemmeno decorosamente piazzato, il Msi non avrà i duemilaquattrocento voti di allora, mezzo migliaio di voti certamente cadranno. Senza il candidato locale, il Msi qui non riporterebbe più di milleduecento voti.

Per far buona cronaca, non possiamo trascurare due fatti che hanno preceduto l'apertura della campagna elettorale: una pattuglia di gesuiti è venuta a risvegliare con prediche e processioni l'anima dei cittadini; e la Pontificia Commissione di Assistenza ha distribuito pasta formaggio e burro ai lavoratori della zolfara: nei corpi sufficientemente ricchi di calorie, siamo di questo parere anche noi, meglio si accende la luce della fede. I gesuiti erano in cinque, uno per ogni parrocchia e due nella chiesa madre, i due facevano prediche a dialogo, uno faceva domande che parevano ispirate dal diavolo, le donne rabbrividivano, ma subito l'altro lo inchiodava con risposte nette. Ci furono anche prediche per gli *intellettuali*; incontrai una sera l'agrimensore B., in paese noto come massone, andava di prescia, gli chiesi dove, con tanta furia, era diretto; mi rispose – a san Giuseppe, sono in ritardo, c'è la predica per noi intellettuali – l'attività intellettuale dell'agrimensore B. si esaurisce nella soluzione dei cruciverba, in questo non c'è barbiere che possa batterlo. Tutti gli *intellettuali* del circolo non mancarono una predica, per tre sere appassionatamente discussero sul problema della grazia. Le processioni a via crucis con preghiere e canti serpeggiarono per il paese – sono stato io l'ingrato Gesù mio perdon pietà – cantavano le donne in processione dietro gli stendardi parrocchiali. Qualche mese prima, a Regalpetra, era accaduto uno di quei fatti che agli occhi della gente che va in chiesa fanno risplendere di verità il detto *dell'antico – monaci e parrini séntici la missa e stòccaci li rini* – pertinente al fatto accaduto risuonava la raccomandazione di spezzare le reni a preti e monaci. Pare perciò che i gesuiti fossero venuti in missione nel paese per riscattare e purificare, certo non in vista delle elezioni erano venuti, ma a volte con un viaggio si fanno due servizi. Né possiamo credere che pasta formaggio e burro fossero in qualche modo legati alla campagna elettorale; vero è che distribuzioni simili cadono raramente; ma l'Ente Zolfi, e la Pontificia Commissione che per conto dell'Ente distribuisce, non hanno niente a che vedere con la politica. Ma ammesso, si capisce per assurdo, che un intento elettorale nella distribuzione ci sia stato, è facile qui constatare che è stata roba sprecata: gli zolfatari sono col Msi, questa è la volontà di dirigenti e capomastri, qualcuno forse scantona, il grosso disciplinatamente vota per i fascisti.

Apre la campagna elettorale un candidato della Dc, ex qualunquista. I borghesi sono terribili nel pretendere dagli altri coerenza, loro la ignorano, dagli altri ferocemente la pretendono. Il candidato, nonostante il salto, è però di rigorosa coerenza: il movimento dell'*uomo qualunque* non c'è più, gli stupidi si sono abbandonati ad una più dichiarata e spettacolare forma di fascismo, i furbi nella Dc hanno trovato buon asilo, dove volete che vada un uomo furbo?, l'ex qualunquista è furbo, due volte è stato candidato nelle liste qualunquiste senza riuscire a sortirne deputato, questa è certo la volta buona.

Registrata la prima *gaffe* della campagna: l'ex qualunquista mette in guardia l'elettorato contro la corruzione: c'è un partito, non la Dc, che nella sola provincia di Agrigento dispone di duecento milioni, non lasciatevi comprare, la coscienza ecc.; la gente considera invece che un partito con tanti milioni è straordinariamente forte, e se un partito è forte gli si può dare il voto. Non si può fare a un partito propaganda migliore, a battere sull'accusa dei duecento milioni c'è il rischio che quel partito diventi forte davvero.

Un oratore che non conosce la particolare psicologia di una popolazione inciampa sempre in qualche *gaffe*, a volte in irreparabile errore. Un comunista, autore di un libro sulla vita sovietica, venne una volta a Regalpetra, ai contadini limpidamente spiegò cosa un *colcos* fosse: l'effetto fu straordinario, ad aver buon orecchio si poteva sentire lo sciamare dei voti verso partiti che i *colcos* non promettevano, il Pc ebbe il suffragio più basso che mai a Regalpetra si sia registrato.

L'avvocato che è candidato locale dei fascisti apre la sua campagna elettorale il 25 aprile. La sede del Msi è in quella che era la casa del fascio, una vecchia casa d'affitto con balconi spagnoleschi, i cornicioni di massiccio barocco; macchie rigogliose di cappero vengono fuori dal muro, come rampicanti si torcono lungo i tubi delle grondaie. L'aspetto di sepolcro abbandonato che ha la casa, e le necrofile insegne, trovano in quelle macchie di cappero l'unica nota viva. Poiché per i fascisti è giornata di lutto, c'è anche la bandiera col nastro nero: e nel discorso del candidato tutto il ciarpame funerario vien fuori, come un carro funebre il discorso si muove tra siepi di gagliardetti, in un migliaio di aggettivi la patria piange la sua perduta grandezza. Il segretario della Dc ascolta e prende appunti su un foglietto, forse annota le frasi più apologetiche. Quando il grido di dolore dell'oratore si fa più acuto, un gruppo di ragazzi, sotto il balcone, si lancia nell'applauso. La gente è ormai indifferente ai singulti nostalgici; finita la passione triestina, ai misini restava un solo argomento buono, la dottrina autarchica del defunto avrebbero dovuto invocare per i petroli di Ragusa, invece hanno lasciato alle sinistre l'argomento del petrolio, si accontentano di dire che il defunto aveva già sentito il tartufo petrolifero, come mai non l'abbia tirato fuori non lo dicono.

L'anno scorso il deputato regionale Occhipinti, del Msi, parlò in Assemblea di «casi letali» in cui erano implicati uomini che sedevano al banco del Governo, sembrò avesse rivelazioni da fare. «L'Unità», in attesa delle rivelazioni, e sospettando da parte di Occhipinti un ricatto politico, cominciò a pubblicare le fotografie dei membri del Governo, una al giorno, e sotto ogni fotografia la domanda – è questo l'uomo implicato nei casi letali? – ma Occhipinti tacque. Dopo quindici giorni ebbe la bontà di dichiarare in Assemblea che «le vicende umane, i casi addirittura letali» si riducevano a un sinistro della funivia Erice-Trapani. Non convinse, l'atmosfera da *giallo* non si dissolse; molti si aspettavano l'esplosione di un piccolo caso Montesi dentro il Governo regionale. In seno al Msi nacque tempesta, il leader siciliano del movimento pare abbia energicamente disapprovato l'atteggiamento di Occhipinti, molti fascisti manifestarono delusione: l'atteggiamento di Occhipinti, e degli altri deputati del Msi, li offendeva in quanto comprovava la collusione tra Msi e Dc dentro l'Assemblea regionale, ad un elettorato che odia la democrazia non è salutare presentare un bilancio di attiva collaborazione con un partito che si dice democratico. Per quattro anni la Dc ha governato in Sicilia, insieme ai monarchici, con l'indispensabile appoggio del Msi. Il Msi adottò quella che fu battezzata *politica della tazza di caffè*: nei momenti decisivi, quando il sentimento consigliava voto contrario, e astensione richiedeva l'impegno assunto di tener saldo il governo monarchico-democristiano, i misini risolvevano l'interiore conflitto scendendo al bar, la salvezza del governo regionale stava nel concorde bisogno di una tazza di caffè che i deputati misini sentivano al momento giusto.

Il Msi si presenta dunque agli occhi dei suoi elettori con macchie *governative*, chi non ama la Dc non è disposto a votare per un partito che aiuta la Dc a governare, da ciò il progressivo esaurimento dei partiti laici; in quanto a quelli che non detestano né amano la Dc, par loro un modo di restar gabbati quello di dare un voto a un partito *governativo*, pensano che è meglio darlo direttamente ai democristiani. È dunque facile profezia che queste elezioni andranno male per il Msi: il linguaggio *governativo* dei deputati uscenti porta gli elettori moderati verso la Dc, il linguaggio della nostalgia ha fatto il suo tempo.

Nella mente dei fascisti, almeno di quelli che allora non comandarono, qualche problema politico affiora, subito traligna nel senso della nostalgia, come un granchio si muove, sfugge la dimensione della realtà per far tana nei buchi del passato. Ma nella mente dei monarchici non esiste larva di pensiero, soltanto il re c'è, come nei sogni, quei sogni della gente del sud in cui le immagini dei defunti si combinano con la richiesta di messe e l'offerta dei numeri del lotto; uomini e donne sognano i loro morti, secondo quello che i defunti dicono o fanno nella sequenza del sogno, ho sete, ho fame, non vogliono sedere, sudano, i vivi cavano certezza che i loro morti stanno in purgatorio, quasi mai in paradiso o nell'inferno, e che hanno bisogno di preghiere messe e opere buone; e dopo aver ordinato una messa, al botteghino del lotto vanno per decifrare il sogno, lo traducono in numeri la cui chiave è sempre nel 31-47, morto che parla. Come in un sogno appare il re, è triste perché è lontano, vuol ritornare; come per i morti si fa dire messa, per il ritorno del re si va a dare il voto. In quanto a tentar la fortuna del lotto con il sogno del re che ritorna, suppliscono i ricchi candidati monarchici; non sarà un terno, ma va bene anche un ambo, per esempio un paio di scarpe.

Sarebbe da studiare il borbonismo della plebe cittadina in Sicilia, l'immagine della regalità che splende sulla miseria, la teologica apparizione del re, il re nelle sale dorate e luminose, nei giardini splendidi; basta sapere che c'è il re, idea che in sé si specchia, al di fuori del tempo umano. E studiarlo, questo borbonismo plebeo delle grosse città e dei capoluoghi, in rapporto all'inverso fenomeno che si verifica nei paesi: la plebe si è già riscattata, è popolo, chiede giustizia; nei paesi si ha davvero il concreto significato di quella grande frase di Dewey – per quanto possa essere ignorante un uomo, sa se la scarpa gli viene stretta al piede – e le scarpe del popolo siciliano, anche quelle regalate da un certo candidato monarchico, sono sempre strette, la gente dei paesi lo sa, vota per liberarsi della scarpa stretta e non per il ritorno del re.

Per il ritorno del re, questo è lo slogan dei partiti monarchici, sono nei paesi i carabinieri in pensione: qui un ex appuntato ha preso il partito di Covelli, un ex brigadiere aprirà bottega per Lauro, coi partiti monarchici è come prendere un appalto. I militari in pensione fanno *lumpenproletariat*, uomini che in divisa hanno comandato, dimessi dal servizio restano come diseredati, per dirla con parola cara agli americani *inadatti*: i sotto-ufficiali dei carabinieri in modo particolare, sfuggiti con l'arruolamento a una vita di stenti, al lavoro della campagna e della miniera, subito inseriti in un processo di alienazione umana, a rappresentare lo Stato, il bene dello Stato contro il male degli uomini. Pensate un brigadiere un maresciallo che comanda la stazione di un paese, un paese come questo: e poi, dopo venticinque trent'anni di servizio, quando è già pervenuto a vedere il mondo dall'alto di un comando di stazione, ancora giovane, lo Stato lo restituisce alla vita *borghese*, con poche migliaia di lire al mese, i figli che vanno a scuola, tutti i figli dei sotto-ufficiali studiano, il problema della casa, il ritorno al paese da cui evasero con l'arruolamento; perduta l'autorità della divisa e del grado, intorno a loro svanito il rispetto il timore. È la condizione più *inadatta* che possa toccare ad un uomo.

Ricompaiono sulla piazza i liberali, si svegliano quando le elezioni sono vicine, si mettono disperatamente in cerca di una casa che abbia porta o balcone sul corso, tirano fuori la vecchia insegna e danno una mano di vernice, di notte l'attaccano al balcone, a non far notare che proprio ora son venuti fuori, si illudono la gente non ne parlerà come di una novità: sempre ci sono stati, soltanto che per antica discrezione proprio quando è necessario si fanno sentire. Gli elettori non apprezzano questa discrezione. Chi sono questi? – si chiedono i contadini e i salinari guardando l'insegna lucida, i manifesti col tricolore e il pli – e che vogliono il voto, questi? – ironicamente si chiedono. Ma i comizi dei liberali li sentono sempre, piace loro come i liberali parlano, son persone istruite, dicono – signori – e parlano della rivoluzione francese; la rivoluzione francese è uno di quei fatti che nel popolo accendono fantasia e passione, chi sa perché il personaggio più popolare della rivoluzione è Danton, certuni se lo fanno dipingere sui carretti. Durante la campagna elettorale del 53, dopo il comizio di un liberale, un contadino diceva – sono soddisfatto davvero, cose belle ha detto, da trent'anni non sentivo parlare della rivoluzione francese. E il compagno, inquieto – e che gli darete il voto perché ha parlato della rivoluzione francese? Questo è un altro discorso – rispose il primo – io il voto so a chi debbo darlo, credete che non lo sappia spremere il succo di un discorso? volete che ve lo dica a che si riducono le belle cose che dicono i liberali?: *cu avi mangia e cu nun avi talìa* (chi ha mangia, chi non ha sta a guardare colui che mangia).

In questa campagna i liberali non parlano solo della rivoluzione francese, parlano dei patti agrari, i piccoli proprietari che hanno mezzadro, e sempre del mezzadro si lamentano, hanno l'incubo della giusta causa permanente, le parole dei liberali creano nel circolo dei civili atmosfera da guerra santa, tutti portano in tasca il discorso di Malagodi. Chi ha un tomolo di terra, e sulla terra il mezzadro, dovrebbe votare liberale – dicono i propagandisti. Stavolta il partito fa le cose in grande, manifesti ed opuscoli in quantità enorme, automobili con altoparlanti che girano per il paese. L'American Legion ha mandato una circolare che raccomanda agli iscritti di votare liberale.

L'assessore regionale C., monarchico, arriva con macchina e autista dell'assessorato, viene in mente Francesco De Sanctis, quando non andava a Roma per il lavoro parlamentare regolarmente pagava il biglietto, l'onorevole assessore cita spesso De Sanctis: solo per ciò sorge in noi questo gratuito ricordo, non ci sogneremmo mai di pretendere che un assessore usi macchina benzina e autista a spese proprie o del partito. Noi conosciamo benissimo l'assessore C., abbiamo avuto dei buoni incontri, il primo addirittura straordinario. L'amico che ci pilotava era di casa in quell'assessorato, non tenendo conto dell'avvertimento dell'usciere – l'onorevole è fuori posto – tirò dritto fino alla segreteria particolare, aprì la porta e vi si infilò a mezzo, si sentiva una voce che declamava, l'amico si voltò e disse – c'è – facendoci cenno di seguirlo. Invece l'onorevole era davvero fuori posto, c'erano delle persone intorno a un tavolo e si sentiva la voce dell'onorevole, ma l'onorevole non c'era, sul tavolo stava un apparecchio e dall'apparecchio la voce dell'onorevole assessore diceva – ...perché chi sopporterebbe le sferzate e gli insulti del mondo, l'ingiustizia dell'oppressore, la contumelia dell'uomo orgoglioso, gli spasimi dell'amore disprezzato, l'indugio delle leggi, l'insolenza di chi è investito di una carica... – e il nostro amico che aveva cominciato i saluti fu gentilmente zittito – sssss... l'onorevole sta dicendo l'*Amleto.* In quel momento abbiamo capito tante cose su quell'assessorato.

Maggio ha portato mutevole tempo, ribollono nuvole e poi d'improvviso si apre il sereno. Oggi il cielo è chiuso, il tuono rotola lontano, infine vien giù grandine grossa, una furia.

E anche la grandine diventa elemento elettoralistico, i democristiani fanno telegrammi a destra e a manca, promettono agli agricoltori adeguati risarcimenti, gli agricoltori presentano domande, si riuniscono per chiedere che i periti vengano ad estimare i danni.

I periti non vengono, proprietari e mezzadri cominciano a perdere speranza. In compenso viene il vice presidente della Regione, candidato della Dc in provincia di Agrigento. Lo presenta alla popolazione il segretario provinciale dei coltivatori diretti, dice – voi forse non lo sapete, ma quest'uomo è capace di fare qualsiasi acrobazia, sa fare anche i salti mortali – e intende dire che una volta rieletto e nell'alta carica riconfermato, l'onorevole farà di tutto perché la Regione intervenga a risarcire i danni della grandine. I salti mortali del vice presidente della Regione sono un argomento irresistibile, gli attivisti scoppiano in un applauso; ma gli agricoltori vogliono prima i periti, i salti mortali dopo.

Il vice presidente della Regione, figlio di un illustre parlamentare del periodo prefascista, è continuo bersaglio del vituperio dei fascisti: è stato gerarca, a quanto pare vice federale, e per ciò lo considerano un traditore. È am-professore universitario. D'aspetto fine e pensoso, educato nel comiziare, i suoi discorsi fitti di cifre; è stato anche assessore alla finanza, ha le mani in pasta negli istituti bancari siciliani. Per un uomo simile, è di pessimo gusto parlare di acrobazie e salti mortali.

Molto atteso il comizio del fascista D., dai suoi considerato una testa forte; ha parola facile e argomenti veramente straordinari. I galantuomini ricordano ancora il gran comizio che D. tenne nel 53 in questa piazza, spiegò la riforma agraria, l'annientò anzi con granitica argomentazione. Io ho un pane – disse – e siamo in cento morti di fame; divido il pane, a ciascuno tocca una fetta di dieci grammi, siamo daccapo morti di fame; meglio che il pane lo mangi tutto io, uno di noi almeno sta sazio. I galantuomini ne furono folgorati, come l'uovo di Colombo era, tanto gran parlare della riforma e infine era un modo di restare morti di fame tutti. Ora aspettano che D. metta a posto la questione del petrolio, forse si servirà ancora dell'esempio del pane.

Gli operai dei cantieri-scuola e i salariati comunali non mancano ai comizi della Dc, insieme a qualche attivista formano il gruppetto da cui qualche applauso scatta, i comizi della Dc sono sempre un po' squallidi, ma guai a fidarsi delle apparenze, chi non conosce i nostri paesi non crederà assistendo a un comizio che la Dc è forte, più forte di tutti; i misini e i comunisti che fanno buoni comizi, con applausi e voci di entusiasmo, certo non raccoglieranno voti come i democristiani.

Gli operai dei cantieri-scuola stanno in attesa che nel discorso si apra il vuoto in cui piazzare gli applausi, certo non seguono l'argomentare dell'oratore, il loro compito si esaurisce nell'applauso. Accanto all'oratore, al balcone della Dc, c'è sempre il segretario della sezione, è anche vice commissario del Comune, qualche volta, dopo l'impennata dell'oratore, fa il segno dell'applauso, quelli di sotto subito rispondono. A un compagno che distratto non applaudiva, stasera un operaio diede di gomito – batti le mani, Pe', il professore ci guarda – il professore è il segretario della Dc, richiamato al dovere quello si mise ad applaudire con lena.

Quando ci sono le adunate oceaniche, anche i democristiani ci sanno fare, e si va ad Agrigento con bandiere e *bianco fiore* e ip ip ip urrà al nome del gerarca che deve parlare, gli autobus noleggiati dal partito vengono caricati di operai dei cantieri-scuola, si capisce che vanno spontaneamente, gli operai basta il nome dell'onorevole Mariano Rumor a farli correre ad Agrigento, non parliamo poi se c'è Fanfani.

E siamo andati anche noi ad Agrigento per il comizio di Fanfani, nell'autobus dei democristiani a tal punto inzeppato che l'autista non se la sentiva di partire, i ragazzi cantarono *bianco fiore* mentre si attraversava il paese, poi scivolarono in canzoni d'amore, arrivando ad Agrigento ripresero *bianco fiore*. Nella piazza della stazione c'era un gran palco, dai tempi di Starace non ne avevamo visto di eguali, una prora di nave pareva, tutta fitta di lampade, a due piani: il primo piano evidentemente destinato ai gerarchi locali, il secondo a Fanfani. Dagli altoparlanti una voce scandiva ordini – quelli di Cianciana si spostino a destra, un po' più in fondo quelli di Porto Empedocle, lasciare libero il passaggio – perché sotto c'era un po' di confusione, bandiere e cartelli galleggiavano a tempesta sulla folla. Poi la voce cominciò a dire – l'onorevole Fanfani sta per arrivare – e infine con commosso grido – l'onorevole è qui, ecco l'onorevole Fanfani – e tutti cominciarono a dire – dov'è dov'è – perché nel gruppo che attraversava il passaggio Fanfani non si vedeva.

Quando Fanfani apparve sul palco, e sventolava un fazzoletto bianco, ci furono cinque minuti di urrà; poi brevemente parlò il segretario provinciale; poi attaccò Fanfani: tirò fuori un foglietto, otto domande che i comunisti gli avevano rivolto, disse che democraticamente avrebbe risposto. Alla prima – perché i democristiani governano a Palermo coi fascisti e a Roma con gli antifascisti – l'onorevole Fanfani disse che c'era una sola risposta da dare, il titolo di un'opera di Leoncavallo: Pagliacci. Dopo questo piccolo saggio di cultura musicale ebbe la bontà di spiegare che la colpa era tutta dell'elettorato, non suffragando la Dc fino alla maggioranza assoluta la costringeva al giuoco delle alleanze. Passò alla seconda domanda. Eravamo in tre, un po' fuori della calca; cominciammo a discorrere tra noi, di tanto in tanto ci colpivano le frasi categoriche di Fanfani – vi dico che questo piccolo uomo... – poi l'invito a levare alte le bandiere per De Gasperi, ci fu un minuto buono di sbandierata. Ci fu risparmiata la storia della Dc che aveva avuto uno sposo, De Gasperi era morto lasciando vedova la Dc, e ora c'era un orfano che camminava per la strada tracciata da De Gasperi, quest'orfano era lui, Fanfani: così disse a Catania. Ci venne fatto di ricordare una frase di Disraeli – quando voglio leggere un romanzo lo scrivo – e che romanzo avrebbe potuto leggere, cioè scrivere, l'on. Fanfani? Mussolini ne scrisse uno intitolato *L'amante del cardinale*, Fanfani potrebbe azzeccarne uno in chiave allegorica, *L'orfano ovvero il figlio unico di madre vedova*, in quanto ad essere *unico* crediamo non abbia dubbi.

I comunisti non si capisce che giuoco intendono fare, i giornalisti scesi dal nord dicono che è giuoco accorto, dicono che fanno una campagna da talpe, rodono sotto e non mostrano forza, così gli avversari non possono battere la grancassa del pericolo comunista; sarà così, ma a noi qui pare che la cosa si metta fiacca, che non ci sia astuzia, soltanto stanchezza e sfiducia, una pericolosa stanchezza, come di chi si arrampica a una corda e ad un punto guarda in alto e capisce di non farcela, si lascia giù scivolare. Nei grossi centri, a quanto pare, si battono meglio.

Parlano sempre del petrolio, degli americani che vengono a succhiarlo; la gente non vi fa gran caso, un tempo c'erano qui inglesi e francesi che gestivano le zolfare, non hanno lasciato brutto ricordo, che gli americani vengano a cavare petrolio forse è meglio, meglio che avere da fare con padroni italiani. La cosa è impostata male, non c'è oratore che riesca a render chiara la faccenda del petrolio, molti ne parlano senza averne capito niente – cartello Eni Agip Standard – la gente non sa che cosa questi nomi siano. Il successo dei comunisti nel 53 nacque da una chiara impostazione; tutti, anche quelli che votarono per la Dc e per i *parenti* della Dc, sentirono allora l'ingiustizia della cosidetta legge truffa; oggi nessuno è disposto a fare del baratto dei petroli un caso di coscienza.

Viene un deputato del Psi, un lombardo, e parla dei Fasci Siciliani; nel 92 nel 94, è un po' come i liberali che parlano della rivoluzione francese e di Cavour, qui bisogna parlare dei salinari che lavorano dodici ore per seicento lire, la casa piena di figli, i debiti; i salinari che dalla CGIL migrarono ai sindacati del Msi e ora non sanno più dove andare, mai trovano protezione sindacale, difesa dei loro diritti, se si accende una vertenza son costretti a trascinarla e a pagarla come causa civile; nessun ente o comitato di assistenza si ricorda di loro; soltanto da morti gli pagano un bel funerale. E dei braccianti agricoli che in un anno guadagnano cinquanta sessantamila lire. O magari parlare della grandine, della terra e della malannata, dei cantieri-scuola.

Pare che gli attivisti democristiani abbiano detto in giro che non si devono dar voti al candidato locale del Msi in considerazione di certi suoi peccati contro il comandamento nono, il candidato si mette al balcone e comincia a scoperchiare le *capocotte* degli attivisti Dc, non fa nomi, dà solo delle indicazioni topografiche, i nomi corrono tra le persone che ascoltano, è un divertimento. Il candidato promette che se ancora gli avversari lo pungeranno farà nomi e cognomi, una voce gorgogliante di vino grida – ora li vogliamo, i nomi. Parlare degli intrallazzi sessuali degli avversari è un colpo sicuro, il Msi vede stasera salire le sue azioni. Noi – dice l'oratore a suggellare il suo discorso – siamo maschi.

Il candidato del Msi si è buscata una querela, i democristiani sono stracchi e delusi, il vantaggio acquistato dal candidato del Msi con il comizio di ieri sera appare chiaro. Qualcuno soffia sul fuoco, ai democristiani consiglia che è necessario con lo stesso linguaggio rispondere. Prevale la tesi del silenzio.

Ad ogni cosa c'è compenso, viene un padre francescano e tiene in piazza un discorso su san Francesco, certo anche altre cose cadono nel discorso, la gente diserta un comizio del Msi per sentire il monaco.

Ad un amico chiediamo a quale partito darà il voto, capisce che noi crediamo lui stia a sinistra, non vuole deluderci né mentire, come per celia dice – il voto è segreto – così caviamo certezza che voterà per la Dc, in chi vota per la Dc c'è un piccolo complesso di colpa, in quelli che migrano dalla sinistra soprattutto.

I galantuomini non si pronunziano, quel silenzio che conserverebbero su un delitto se lo vedessero consumare sotto i loro occhi, la regola è di non rendere mai testimonianza, quel silenzio mantengono per l'operazione del voto, come se dovessero decidersi dentro la cabina e poi dimenticare; e non è escluso che a qualcuno capiti proprio così, che tra il Msi e la Dc e i monarchici resti indeciso fino al momento in cui avrà in mano la scheda, sono *uomini d'ordine*, e che il voto cada sul Msi invece che sulla Dc non fa differenza, tanto tutti e due *partiti d'ordine* sono.

Se domandate a un galantuomo che cosa è *l'ordine* avrete la risposta più azzeccata, magari vi metterete a ridere ma, ripensandoci, vi accorgerete quanto azzeccata è: *l'ordine* – dice il galantuomo – è la proibizione di far sciopero. Un lunapark ha piantato i baracconi in piazza, a pochi metri dal luogo dove si fanno i comizi, gli altoparlanti diffondono musica dalla mattina alla sera. Affacciandosi al balcone per comiziare un deputato regionale del Msi grida con voce vibrante di indignazione – maresciallo, desidero parlare senza essere disturbato, faccia tacere quella musica. Benissimo – grida qualcuno tra la folla, e scoppia un lungo applauso. Si capisce che l'approvazione e l'applauso non son dovuti al fatto che si potrà ascoltare il comizio senza essere frastornati dalla musica del baraccone; piuttosto sono una manifestazione di gioia, di grato entusiasmo, perché uno ha finalmente parlato a un maresciallo dei carabinieri con quel tono che, in un paese come questo, soltanto un maresciallo può usare.

I democristiani hanno fatto un grande scudo crociato a lampade bianche e rosse, la sera lo accendono, prende tutta la facciata di una casa. E poi grandi striscioni di tela con i nomi dei candidati prediletti dal segretario; son fiorite anche delle iniziative private, giovani che aspirano a un posto in banca o che hanno ricevuto segnalati favori, fanno a loro spese cartelloni che invitano a votare per i democristiani o monarchici, le lampadine intorno, il paese di sera pare un presepe. Democristiani e monarchici giuocano, come qui si dice, *a fottere compagni*, tra loro segretamente si dilaniano. Il segretario della Dc è un ragazzo furbo, ha già scelto i cavalli su cui puntare, 3 candidati su 9, un terno secco di voti preferenziali, gli altri candidati per lui non esistono, nemmeno esiste il candidato raccomandato dall'Azione Cattolica diocesana: un piccolo buon segno, questo.

Arriva una macchina carica di fascisti di un paese vicino, i fascisti del luogo corrono a riceverli, quelli subito li deludono, annunciano che sono venuti a far propaganda per un candidato democristiano.

Si vedono tipi in giro che pare li abbiano per l'occasione prelevati da penitenziari famosi, facce alla Bogart, la mafia ha qua e là paracadutato i suoi elementi più suggestivi. Giungono come staffette, dopo mezz'ora arriva la macchina del candidato; fanno un bel vedere seduti intorno al tavolino di un caffè, all'aperto; è come una forma di pubblicità, subito i mafiosi locali si raccolgono intorno a quel tavolo, la gente fa prudenti commenti e previsioni sulla forza del candidato così scortato.

A nostro vedere Regalpetra non è un gran centro di mafia, l'ossequio che viene tributato ai notabili dell'onorata società che qui arrivano da F. da S. e da C. (paesi che nelle cronache giudiziarie godono di vasta considerazione) fa pensare che qui si trovi soltanto qualche graduato di truppa. E poi, a Regalpetra il latifondo non esiste: non c'è dunque la mafia della campagna, c'è la mafia della zolfara, una mafia a carattere camorristico, con organizzazione tributaria un po' diversa da quella che vive sul feudo; magari più spavalda e di arzigogolata guapperia, formalistica e rissosa, ma meno portata ad eccessi sanguinosi e a quello zelo di *conservazione* da cui scaturiscono fatti come la strage di Portella della Ginestra: il qual fatto, a nostro giudizio, rappresenta l'acme dell'alleanza tra il bandito Giuliano e la mafia, e al tempo stesso la sentenza di morte per Giuliano, che dopo aver assolto una così atroce missione diventa un grave incomodo per i mandanti, e soltanto i morti non parlano.

Qui c'è una specie di zona neutra, e convergono gli interessi elettorali dei tre più importanti centri di mafia della diocesi, con risultati non sempre soddisfacenti; ché non bastano certe raccomandazioni *a baccagliu* (un gergo in cui il dire e il non dire, la blandizie e la minaccia, la stretta di mano dell'uomo *d'onore* e la strizzata d'occhio del gaglioffo assumono artistiche trasfigurazioni) a muovere le acque in favore di un candidato. Pare che certi paesi godano di una così assoluta sudditanza alla mafia che la parola di uno *zio* (zi' Pe', zi' Calò, zi' Giuvà: i mafiosi grossi sono gli zii di tutti) basta a provocare plebiscitario favore verso un candidato. A Regalpetra non ci sono *zii* di così largo rispetto: la mafia non ha una forza superiore ai duecentocinquanta voti, bisogna ci siano altri elementi favorevoli perché un candidato vada su, i mafiosi indigeni non sanno come spartirsi, ogni grosso centro di mafia ha un suo candidato ed è spinosa condizione dover scegliere tra lo *zio* di S. e quello di C.

Spesso un mafioso riesce ad ottenere cose che nemmeno un parroco riuscirebbe a strappare, quando qualcuno gli si raccomanda il mafioso, se davvero prende a cuore la cosa, assicura – stia tranquillo, come fosse cosa mia – e al politico parla con eguale decisione – scuse non voglio sapere, mala figura non posso fare – e novantanove su cento l'affare va a buon porto. Negli uffici un mafioso non fa mai anticamera, magari voi state ad aspettare da un paio di giorni che l'onorevole o il commendatore si decida a ricevervi, e vedete uno *zio* Ciccio o Peppi entrare in anticamera suscitando un precipitato di servile entusiasmo nell'usciere che da due giorni vi guarda con disgustata faccia, varcare con sicurezza quella soglia che vi è vietata: e subito sentite il saluto allegro, di chi finalmente ha la sospirata gioia di rivedere una persona carissima, cui si abbandona l'onorevole o il commendatore dietro quella porta che forse anche voi passerete, ma per trovarvi di fronte ad un uomo ingrugnato e tutto nervi.

Se dico una parola io a... (mettete al posto dei puntini un titolo o un nome: una persona potente o un pubblico ufficiale di cui avete ora bisogno) stia certo che è cosa fatta – dice l'uomo *di rispetto.* Ed è vero, ci potete contare. Sempre che voi abbiate bisogno di giustizia, si capisce: non oseremmo mai pensare che i potenti possano mai fare ingiustizia, anche se è un mafioso che graziosamente la reclama.

Conosco un giovane che il voto, con tutti i sacramenti, lo darebbe al Psi; ma è iscritto alla Dc e, per ragioni personali, voterà per i monarchici di Covelli. Ha intelligenza e sensibilità, una chiara visione del momento politico: è il virus dell'amicizia che lo fa tralignare, per amicizia col segretario ha preso la tessera della Dc, per amicizia voterà monarchico; l'amicizia fa strage in Sicilia, è mafia massoneria partito politico, in nome dell'amicizia ci si lascia anche ingoiare dall'ergastolo.

I monarchici di Lauro aprono la sezione; hanno affittato un magazzino senza tirare sul prezzo, hanno scaricato tavolo sedie labaro e insegna, già da un pezzo se ne parlava, ora eccoli qui, c'è gente che sogna la pasta di Lauro, e i soldi, Lauro i soldi li sta buttando a manate sulla Sicilia, così dicono quelli che vengono da Palermo. Tra questi di Lauro e i covelliani si accende un giuoco di feroci accuse, evidentemente tra loro benissimo si conoscono. Un contadino mi dice – se tutti e due vogliono il ritorno del re, perché si stanno scannando? Dunque qualche altra cosa vogliono! – e non c'è che dire, coglie giusto.

Parla per il Pli Vittorio Marzotto, alle undici di sera, il corso quasi deserto e intorno al palchetto dell'oratore circa duecento persone, gente che è rimasta in piazza a questa insolita ora per il piacere di sentire l'uomo dei vestiti e delle corse automobilistiche.

Il discorso di Marzotto è in chiave malinconica, la malinconia di chi in casa propria sa bene amministrare e vede il vicino, imprevidente ed euforico, andare in dissesto. La gente vede dietro di lui, dietro la sua garbata critica di buon capo d'azienda, il *continente* ordinato e pulito, le buone strade, il ballo domenicale, le ragazze in bicicletta, i treni che non conoscono le morte gore delle stazioni, la sirena della fabbrica e la serenità luminosa della casa: il mito del *continente*, per questi poveri lavoratori del sud. Qualche galantuomo, più aggiornato, vede in Marzotto il campione dell'anticomunismo illuminato, l'uomo che dà la giusta mercede e il giuoco del calcio.

Difficile è far previsione dei risultati che darà Regalpetra, anche in punto di morte siamo convinti un regalpetrese non si abbandonerà a confessare intenzioni e atti relativi all'esercizio del voto; si capisce che ci son quelli che fanno aperta professione di fede politica, ma sono in maggioranza giovani, finiscono anche loro col mettere giudizio e ritrarsi nel guscio. In certe strade di campagna ci sono dei *passi*, gomiti di strada in cui alberi e rocce fanno giuoco sinistro, e in questi punti obbligati si appostavano i delinquenti negli anni per loro felici dei due dopoguerra, per derubare o assassinare; sicché i contadini, anche oggi che le probabilità di far brutti incontri sono di molto diminuite, attraversano quei *passi* con diffidenza ed emozione, chi può continua ad evitarli, va bene che c'è la *legge* che guarda e protegge, ma non si sa mai, è accaduto che dove si credeva di dover trovare la *legge* il *fuorilegge* è venuto fuori, meglio evitare il mal passo. Si poteva essere socialisti, andare nei cortei dietro la bandiera rossa, cantare *avanti popolo*; poi venne il fascista, prese i registri degli iscritti, niente lavoro per il socialista, manganellate e galera; e poi furono cacciati via i fascisti, e chi si trovò iscritto nei loro registri ebbe guai, tu sei nato in America ma ti sei iscritto al fascio e l'America non ti vuole, e così via. E anche ora, va bene che la legge non c'è che ti proibisce di fare il comunista, ma se comunista sei niente lavoro nei cantieri-scuola, il parroco non ti farà il certificato di buona condotta per andare nel Canadà, tuo figlio non lo prenderanno nelle colonie estive. Nessuno è convinto che la libertà c'è, tutto uno scherzo è, ti dicono che si può passare e intanto di nascosto ti puntano la carabina. Perciò alla vigilia delle elezioni la povera gente è costretta a una specie di *tour* istrionico: braccianti e mezzadri vanno dal proprietario e dicono con aria tonta – son venuto per l'affare del voto, lei sa più di me, lo darò a chi lei vuole. Il proprietario tiene a questa visita, a non fargliela la prenderebbe male, ma si schermisce, è lusingato, in quel momento si sente veramente padrone, ma finge sorpresa e noncuranza – e che io debbo dirtelo per chi votare? ma vota per chi ti pare, tanto io per nessun partito ho interesse. Quest'ultima espressione, falsa come una moneta catanese, nasce dalla paura: il proprietario teme che un giorno braccianti e mezzadri faranno la rivoluzione, che quel giorno si ricordino che il loro padrone per nessun partito aveva interesse. Ma la domanda che segue è dettata da un sentimento opposto, dall'intenzione di cacciar fuori il mezzadro, giusta causa o no, e di non dar lavoro al bracciante, al minimo sintomo di comunismo; perciò è una domanda inquisitoria, ma fatta con volto cordiale e comprensivo – ma tu non ti sei già fatto una idea? ci sono i comunisti che per voi contadini... – e il contadino pensa – qui dorme la lepre – e poi con innocenza risponde – i comunisti? manco a pensarlo, tutti i fannulloni vanno coi comunisti, vogliono la terra e non vogliono lavorare; ma io dico sempre: la terra è di chi l'ha comprata, di chi l'ha avuta da suo padre; l'importante è che sulla terra il padrone ci faccia campare. Il padrone, che è convinto che sulla sua terra tutti ci campano a scialo, dice rassicurato – se proprio lo vuoi sapere da me (da un blocco di facsimili ne tira fuori uno), ecco come ti consiglierei di votare; non che questo sia il mio partito, perché io partito non ne ho, ma c'è un mio lontano parente che me lo ha raccomandato...

La stessa scena si ripete dal medico dall'avvocato dal farmacista; presso tutte le persone di cui ha o può avere bisogno il povero va a fare questa piccola incensata, s'imbottisce le tasche di schede segnate Dc Msi e Pli; e poi tranquillamente va a votare per i comunisti. I padroni, convinti di aver fatto lume nelle menti oscure o comunque di aver buscato voti al loro partito, al circolo raccontano queste cose. Don Ferdinando Trupia dice – sono cretini fottuti, ci credono che c'è gente, oggi, che non sa a chi dare il voto, a me non la fa nessuno; i miei contadini sono venuti a chiedere consiglio, ma non per prendermi per il culo, veramente il mio consiglio vogliono, stanno tutto l'anno in campagna e non sanno niente...

C'è di nuovo nella Dc che i giovani si fanno sentire, le *teste nere* di Fanfani, crede Fanfani che i giovani ci vadano per entusiasmo, noi gagliardamente dubitiamo, comunque i giovani ci sono. Il segretario ha qui la possibilità di sguinzagliare un centinaio di ragazzi, quasi tutti con un diploma in tasca, si arrampicano per il *posto*, la raccomandazione al concorso, l'appoggio per ottenere una scuola serale o sussidiaria, c'è una specie di corpo a corpo; ogni tanto qualcuno vien tirato fuori da questo limbo e ascende al posto in banca, ecco l'aspirazione suprema: il posto in banca. Il fatto è che a volte un tal premio tocca all'attivista meno attivo, o meno anziano; e allora quelli che aspettano si fanno inquieti. Forse è bene cominciare ad istituire, dentro il partito, titoli e graduatorie. I giovani migliori della Dc sono quelli che provengono dall'Azione Cattolica, se aspirano ad un posto sanno almeno fingere di aver fede.

Gli attivisti vanno appiccicando i manifesti, questo lavoro preferiscono farlo di notte, girano per le case ad istruire sul modo di votare e sulle preferenze, hanno copie delle liste elettorali e accanto al nome di ognuno scrivono *sì* se risulta che abbia simpatia per la Dc, oppure *no comunista, no misino* ecc.; è un lavoro difficile e antipatico, la gente si innervosisce a sapere che c'è chi mette nero su bianco, uno se ne sta silenzioso, fa di tutto per non compromettersi, e invece c'è chi ti tiene di mira e scrive accanto al tuo nome *democristiano* o *comunista*.

Grosso modo lo schieramento elettorale è questo: voteranno per la Dc i piccoli proprietari, i mezzadri grossi, buona parte degli impiegati statali (non bisogna tener conto di ciò che questi ultimi dicono contro la Dc, del resto anche i piccoli proprietari costantemente se ne lamentano); per il Pc i braccianti agricoli, i piccoli mezzadri e i salinari; per il Msi gli zolfatari, i bottegai, gli impiegati municipali; per il Psi artigiani e studenti (anche di quelli iscritti alla Dc); per i monarchici i militari in pensione; i medi proprietari per il Pli. Ma bisogna tener conto che i voti delle donne, l'80% almeno, si divideranno tra la Dc e il Msi, al Msi andranno eccezionalmente, per il concittadino candidato.

Il giorno della votazione la Dc dispone di tre automobili per accompagnare alle sezioni i vecchi e gli ammalati, anche questo è un servizio che fanno gli attivisti, con le liste sott'occhio sanno chi sono coloro che non si possono muovere per vecchiaia o per malattia. Nel paese c'è aria di festa; intorno alle scuole dove si vota, un po' fuori del paese, un passeggio di rurale galanteria. Tutto è sereno, i poveri attivisti sudati e bolsi di fatica fanno compassione, la gente sembra chiedersi – chi glielo fa fare? – la tensione elettorale si è scaricata di colpo, la lotta politica si fa piccola e lontana, una cosa di cui si occuperanno novanta persone dentro una sala grande del Palazzo dei Normanni.

LA NEVE, IL NATALE

Il vento porta via le orecchie – dice il bidello. Dalle vetrate vedo gli alberi piegati come nello slancio di una corsa. I ragazzi battono i piedi, si soffiano sulle mani cariche di geloni. L'aula ha quattro grandi vetrate: damascate di gelo, tintinnano per il vento come le sonagliere di un mulo che va all'ambio.

Il bidello è latore di una circolare, noi maestri viviamo anche della quotidiana circolare; ci sono quelle del ministro, quelle dell'assessore regionale, del provveditore, dell'ispettore, del direttore; ci sono giornate che ne arrivano insieme una mezza dozzina. Questa di oggi dice che a favore dei sinistrati del maltempo siamo chiamati ad un atto di «spontanea» solidarietà, la cifra è già fissata, non resta che firmare e pagare. «Sono sicuro che nessuno vorrà sottrarsi...». No, nessuno si sottrae. Il mese scorso abbiamo pagato per i disoccupati, oggi per i sinistrati. Questi soldi, dopo aver superato gerarchiche tappe, confluiranno in chi sa quale ufficio di Palermo o di Roma. Tireranno le somme, comunicheranno la cifra al giornale radio: poi in piccoli rigagnoli il denaro tornerà a fluire; a primavera inoltrata forse due o tre di questi ragazzi riceveranno un paio di scarpe o una sciarpa di lana. Intanto battono i piedi e si riscaldano col fiato le mani. Ancora nel mese di gennaio venivano a scuola senza cappotto, una maglietta estiva sotto la giacca, qualcuno con i piedi nudi dentro le scarpe grandi e sformate; c'era già freddo, ma parevano non curarsene. Ora febbraio ha portato gelido vento e neve, mai tanta neve era caduta su questo paese; i vecchi dicono – un inverno come questo, nel 1909: dopo il terremoto di Messina; ma più pioggia che neve, allora. I ragazzi si son vestiti di tutta la roba che le mamme son riuscite a trovare: cappotti femminili, calzoni lunghi, vecchi fazzoletti di seta annodati a cappio intorno al collo, berretti di lana o d'incerata. Sotto la giacca hanno però la solita maglietta; e le grandi scarpe credo imbarchino acqua dalle suole e dalle scuciture.

Da più di un mese i contadini non lavorano, i salinari fanno turni di due o tre giorni per settimana; se ne stanno nei loro circoli, imprecano e sputano, fumano qualche pizzico di tabacco nero e ascoltano la radio. Sentono delle offerte che da ogni parte arrivano, denaro, viveri, coperte, sono convinti che niente arriverà fino a loro. Queste cose – dicono – passano da tante mani: e in Italia c'è gente che ha il vischio nelle mani, ogni cosa che passa vi si incolla. È come il gavettino di vino che danno ai soldati – mi spiega un contadino – il commerciante che lo vende all'esercito l'ha già annacquato; poi, per ogni mano che passa, meno vino e più acqua; l'ultimo colpo lo fa il caposquadra, e al soldato arriva un gavettino d'acqua di fontana.

Il circolo della Federterra è una grande stanza a piano terra umida e scura. La radio vi sta sempre accesa, dalle musiche del mattino all'ultimo giornale, a tutto volume. Quando la radio tace, attaccano il fonografo; musica da ballo, e spesso i contadini si mettono a ballare, la musica annega in un pesante calpestio, come di una mandria furente. Ballano in coppia tra loro, con facce serie e intente, come facessero un grande sforzo a comandare ai piedi il ritmo della musica. Ogni tanto una pausa: e suonano *Bandiera rossa* o l'*Inno dei lavoratori*. A lato c'è il circolo *dei galantuomini*, sale luminose, poltrone comode: i *galantuomini* che fanno conversazione trovano sconveniente lo strepito che si fa alla Federterra. Accidenti a loro – dicono – non gli passa mai la voglia di far chiasso. In verità, basterebbe dar lavoro a tutti quegli uomini per far cessare il chiasso; ma è un fatto che non si è mai verificato: anche quando c'è bel tempo, e lavoro nella campagna, nel circolo della Federterra c'è sempre un buon gruppo di braccianti, i *galantuomini* dicono si tratta di gente che voglia di lavorare non ha; ma non è vero, in qualunque momento c'è un largo margine di disoccupazione. Poiché l'esistenza dell'ufficio di collocamento continua ad essere ignorata, l'assunzione di mano d'opera avviene col vecchio sistema di «fare uomini»: il proprietario scende in piazza la sera, sceglie i braccianti che più gli danno affidamento per gioventù o forza, per provata docilità e buon rendimento (il più grande elogio che un proprietario può fare di un bracciante – un uomo che non solleva mai la schiena).

Ma in questi giorni per nessuno c'è lavoro, la campagna è tutta bianca di neve, la neve continua a scendere. A momenti il sole fa occhio tra le nuvole, una pupilla strabica e spenta, e sempre neve. Qui dicono – un freddo che fa cadere morti gli uccelli – un modo di dire iperbolico. Ma in questi giorni i ragazzi hanno davvero trovato uccelli morti. Fanno come pazzi gli uccelli, battono ai vetri delle finestre, come fulminati scendono a filo delle grondaie, si riprendono in voli stracchi e spezzati. Tutto questo bianco che ci incanta per loro è disperazione e morte.

Il parroco del Carmine ha tolto le campane dalla sua chiesa; dagli angoli del campanile spuntano ora minacciose le trombe degli altoparlanti. Recentemente è stato in America, tra gli emigranti regalpetresi di Nuova York ha fatto buon raccolto, tutti hanno dato dollari per la chiesa del Carmine. Al parroco è piaciuto, delle chiese d'America, il suono del carillon: e ha comprato tutta l'attrezzatura per la sua chiesa. Ora il *Salve regina*, l'avviso per la messa, per i vespri, per le quarantore, per le due ore di notte, si sfogliano nell'aria come grandi crisantemi bianchi. I parrocchiani del Carmine, in gran parte contadini, dicono che è stato il carillon a chiamare la neve. Oh le belle campane – rimpiangono.

Ma il parroco del Carmine è felice. Come una donna che sa di portare estrosa moda, si muove nell'onda di suoni del carillon. Sa di aver suscitato invidia negli altri parroci, persino nell'arciprete. Non sanno, arciprete e parroci, che ogni novità, ogni sostituzione o modifica, fa scaturire nel popolo scetticismo e irrisione; o addirittura rancore. Il decreto (non so come precisamente si chiami) che ha portato la novità della domenicale messa pomeridiana, per cui un cattolico può prendere comunione tre ore dopo il buon pasto della domenica, ha sollevato ironici commenti: benché sia stato il Papa a dirlo, la gente non crede che una comunione presa alle quattro del pomeriggio sia valida, come si dice in linguaggio burocratico, «a tutti gli effetti». Il popolo vuole la Chiesa immobile e massiccia come una dolomia, al di fuori del tempo umano, lontana.

Per il freddo, uno dei ragazzi della mia classe si è vestito di una giacca nera e lunga, fustagno consunto e lucido, le maniche così lunghe che deve tirarsele su per farne uscire le mani. Grinzose e scure, per l'azione di quello che chiamano ventoneve, le mani vengono fuori dalle maniche come la testa di una tartaruga. Ha trovato poi un paio di calzoni che gli arrivano scampanati fin sotto il ginocchio; le calze rosse vengono fuori dalle vecchie scarpe di cuoio bianco. Quando si volta pare un clown, i compagni ridono quando lo chiamo alla lavagna. Ma a guardarlo in faccia, colpisce dolorosamente il suo forzato sorriso, lo sguardo di animale minacciato. Se mi avvicino a lui per fargli notare un errore, per indicargli qualcosa sul libro, leva gli occhi atterrito, batte le palpebre come se fosse sospesa su di lui la minaccia di una percossa. È una cosa che mi innervosisce. È con me da due anni, sa che io non punisco: eppure sempre ha paura. Poi penso a quel che mi ha raccontato una volta, che il maestro delle prime classi, vecchio e malato, gli sputava in faccia ad ogni errore che scopriva nei compiti: e allora mi va via ogni risentimento; ché per me è sofferenza anche il solo sospetto di poter far paura a qualcuno. In questa condizione di paura, e forse mai nella vita se ne libererà se non in qualche momento di estrema ferocia e viltà, egli trova naturalmente le vie della servile adulazione, della menzogna, della delazione. Anche queste cose mi indispongono, vorrei in qualche modo punirlo: ma penso a tutta la genealogia di servitù e di miseria da cui vien fuori, al maestro che gli sputava in faccia, alla madre che va a lavare i pavimenti nelle case dei ricchi, al padre disoccupato; e prendo a considerare quella che i pedagogisti e i gazzettieri e gli uomini di governo chiamano «missione»: la mia missione di maestro, qui, tra questi ragazzi. E mi chiedo cosa mai possa fare oltre a insegnar loro, come senza le moderne ipocrisie un tempo si diceva, a leggere scrivere e far di conto. L'uomo e il cittadino di domani vengano a farselo qui i *galantuomini* e gli uomini di governo, i pedagogisti e i gazzettieri. O magari vengano solo a vedere quel che una settimana di vento e di neve può portare in un paese come questo: quale miseria sommuove e rivela, quale sofferenza.

La mia vita nella comunità si svolge tra la scuola e il circolo, i giorni sempre uguali, la domenica un po' peggio. In questi giorni anche il circolo *dei galantuomini* è, a causa del maltempo, più affollato del solito. Nel salone di conversazione c'è un buon riscaldamento, il migliore che qui si può avere: uscendo fuori, uno si sente come una bistecca cotta da un solo lato.

Ad allontanare i discorsi dei *galantuomini* dai soliti argomenti dei contributi unificati e della stabilità del governo Segni («ma che pesce è? coi comunisti se l'intende?») è venuta fuori una novità. Il proprietario della casa vicina ha citato in giudizio il circolo perché pare che i condotti di scarico delle latrine, vecchi tubi di creta lunghi come mezzemaniche e incastrati uno nell'altro a cannocchiale, perdano in più di un punto: e le fondamenta della casa vicina infradiciscono. Di fronte a questo fatto, che è da considerare nell'ambivalenza di offesa inaudita e di dilettosa ricreazione, ogni altro argomento è superato. C'è, è vero, un aumento del 4,60 per cento di certe tasse – per i danni alluvionali degli anni scorsi – dicono; ma dopo il grido di protesta, ormai rituale, di don Carmelo Mormino – e se la Calabria ha avuto l'alluvione, proprio noi dobbiamo pagare? e che ce ne fottiamo noi della Calabria? – dopo questo grido, l'argomento si chiude. Si torna a quello delle latrine. Perché la cosa è controversa, e richiederà un vasto testimoniale. Il padrone della casa a lato sostiene infatti che le latrine, un tempo, erano situate in altro luogo, dove è ora la sala di lettura: e che il fascio, quando mise le mani sul circolo denominandolo «dopolavoro 3 gennaio», con quel debole che aveva per le latrine, abbia mutato sistemazione. Allora non si poteva parlare, il padrone della casa vicina avrebbe preferito abitare una casa fradicia come una fogna piuttosto che finire al confino, sarebbe stato da pazzi mettersi a far causa al fascio. Ma i tempi sono cambiati, il circolo non è più dopolavoro: e giorni addietro è arrivato il Tribunale, con periti e avvocati delle parti, per decidere sulle latrine.

Don Ferdinando Trupia, da cinquantanove anni socio del circolo, solennemente dichiara – io ho sempre pisciato qui, volete che non mi ricordi?, io niente mi scordo – ma pare che altri vecchi soci così sicuri non siano. Don Ferdinando si adopera in tutti i modi a far risorgere nei suoi coetanei il ricordo di quella che secondo lui era l'esatta topografia del circolo. Si alza dalla poltrona e si trascina dietro per le sale un grappolo di soci, pare una guida da museo, il bastone alzato a far sorgere o crollare pareti, per dare idea dell'antica topografia: arriva alle latrine e puntando il bastone conclude – e qui c'è sempre stato il cesso; prima c'erano i càntari, poi hanno messo il cesso all'inglese; ai tempi della guerra di Libia già c'era l'impianto all'inglese.

A questo punto tutti gli avvenimenti della storia patria son chiamati a convalidare l'immutata ubicazione dei cessi. Durante la guerra del 15-18 c'era un socio che, per l'abitudine di mettere i piedi sul vaso, ne ruppe tre o quattro. Più tardi ci furono delle innovazioni negli impianti. Poi, per l'aumentato numero dei soci, i gabinetti diventarono due. Soldati della divisione «Texas» distrussero tutto. Tutto fu ricostruito. Poi venne l'acqua corrente e nuove modifiche si imposero. La memoria di don Ferdinando è mirabilmente alacre: i nomi di Giolitti, Vittorio Emanuele Orlando, Facta, Mussolini e Badoglio; fatti come la marcia su Roma, la spedizione al Polo, il Concordato, la guerra d'Abissinia e l'arrivo delle truppe americane, affiorano per un momento e scompaiono. Uno dice per celia – con una memoria simile lei potrebbe andare a lascia o raddoppia per la storia contemporanea. Don Ferdinando si sente lusingato, ma con modestia si schermisce – non è sempre che mi ricordo di tutte queste cose; credete che mi sarei messo a pensare a queste cose se non era per la storia del cesso?

Col freddo i vecchi se ne vanno. Quagliano – qui dicono. *Quagliare* vuol dire cagliare, l'inavvertito cagliare della vita, la morte che lentamente si coagula nel corpo di un uomo, si fa gelida forma. È una espressione che viene usata per coloro che giungono senza strazio alla morte, ma a me piace spremerne un senso pirandelliano e universale.

Oggi un vecchio pazzo è morto, se ne va dentro un tabuto di legno chiaro intagliato di angeli che sembrano meduse, il carro cammina lento sulla neve che stride come vetro, il cielo ancora crivella fitta neve. Era un pazzo tranquillo, passeggiava sempre sul sagrato della matrice, avanti e indietro, con furia: come certi animali nelle gabbie del giardino zoologico; gli occhi li aveva così stravolti da sembrare strabico, sempre parlava, svolgeva in un mormorio come di rosario le sue considerazioni politiche, si fermava un momento e diceva con voce chiara – cornuti questi e cornuti quelli – riprendeva a passeggiare, di nuovo si fermava, faceva un gesto a chiudere tutto l'orizzonte delle case, il paese tutto dentro il suo disprezzo – razza di buoi. Qualcuno ogni tanto gli si avvicinava, gli chiedeva giudizio od oroscopo relativamente a qualche cittadino in vista. Il pazzo stava a pensare un po', pareva si fosse dimenticato della domanda, poi sentenziava – don Carmelo Mormino?: il primo ladro del paese – oppure – il cavaliere Pecorilla?: non preoccupatevi, di certo muore ammazzato.

Apprendo dalla radio che Regalpetra è bloccata dalla neve, non so che altro dicano sulla difficoltà di approvvigionamento e sull'altezza della neve, tutte cose di cui i regalpetresi non si sono accorti. Certo, c'è molta neve: ma le botteghe sono piene, i treni arrivano, le strade sono aperte al traffico.

Un amico mi scrive che in un paese della costa orientale è arrivata un'autocolonna di soccorso, il paese non aveva visto una sola foglia di neve scendere dal cielo, quelli dell'autocolonna hanno distribuito coperte e viveri, la gente è rimasta incantata alla insperata befana. Son portato a credere che nessun paese sia veramente bloccato, che sulla neve caduta sia nata una specie di commedia all'italiana. Di vero c'è che gli uomini non lavorano, che i poveri soffrono per il freddo: ma forse è un po' eccessivo consegnare i pompieri nelle caserme proclamando emergenza, mandare impavide autocolonne nei paesi. Pare di sentire bollettini di guerra: i prefetti, gli ufficiali dei carabinieri, i questori guidano le spedizioni; drammaticamente la radio annuncia che una colonna che porta viveri, coperte e medicinali è in marcia, guidata da non so che pezzo grosso, verso un paese delle Madonie: gli ascoltatori vedono un paesaggio da Siberia, l'autocolonna come una fila di formiche nere dentro il gorgo bianco della tempesta. Riusciranno a raggiungere il piccolo paese isolato dentro la ruga della montagna, gli eroici soccorritori? La tormenta non li fermerà, non si smarriranno dentro la bianca morte? Roba da cinematografo, insomma.

Così, quasi che d'ordinario ci manchino sciagure, una ne abbiamo inventata straordinaria. Un po' che duri questa neve, e forse anche i poveri di Regalpetra avranno le loro coperte, i loro coppi di pasta.

Come al solito, in una paginetta di diario, i ragazzi mi raccontano come hanno passato il giorno di Natale: tutti hanno giuocato a carte, a scopa, sette-e-mezzo e *ti vitti* (*ti ho visto*: un giuoco che non consente la minima distrazione); sono andati alla messa di mezzanotte; hanno mangiato il cappone e sono andati al cinematografo. Qualcuno afferma di avere studiato, dall'alba, dopo la messa, fino a mezzogiorno: ma è menzogna evidente. In complesso, tutti hanno fatto le stesse cose; ma qualcuno le racconta con aria di antica cronaca: «La notte di Natale l'ho passata alle carte, poi andai alla Matrice che era piena di gente e tutta luminaria, e alle ore sei fu la nascita di Gesù».

Tre ragazzi non hanno però parlato della messa notturna, hanno scritto, senza consapevole amarezza, amarissime cose. «Nel giorno di Natale ho giuocato alle carte e ho vinto quattrocento lire e con questo denaro prima di tutto compravo i quaderni e la penna e con quelli che mi restavano sono andato al cinema e ho pagato il biglietto a mio padre per non spendere i suoi denari e lui lì dentro mi ha comprato sei caramelle e gazosa»: il ragazzo si è sentito felice, ha fatto da amico a suo padre pagandogli il biglietto del cinema, ha poi avuto le sei caramelle e la gazosa: e già aveva comprato i quaderni e la penna – ha fatto buon Natale. Ma il suo Natale io lo avrei voluto diverso, più spensierato. Ed ecco, ancora più triste, il Natale di un altro ragazzo: «Io il giorno di Natale ho giuocato con i miei cugini e i miei compagni. Avevo vinto duecento lire e quando sono ritornato a casa mio padre me le ha prese e se ne è andato a divertirsi lui». Non ho mai letto niente di più triste nelle cronache, spesso desolate, che i ragazzi mi fanno delle loro giornate. Vedo la casa, umida e scura in quel quartiere di San Nicola che è il più povero del paese; il ragazzo piangente (e magari avrà avuto un ceffone e qualche cattiva parola) per quelle duecento lire che si era buscate al giuoco e che voleva spendere chi sa come, magari per avere i quaderni e la penna; e il padre che se ne va a *farsi il bicchiere*, ad ubriacarsi con i poveri quattrinelli del suo bambino. Mai, come attraverso questo piccolo fatto, la miseria mi è apparsa in tutta la sua essenza di cieca e maligna bestialità. A guardar bene, ci sono nell'episodio tutti gli elementi che fanno la tragedia della nostra vita – e almeno della mia vita qui, in questo povero paese. Ed il giorno della grande festa cristiana, che fa da sfondo e condiziona l'episodio, pare diventi, dietro questo bambino che piange nella sua casa oscura, una blasfema parodia.

«La mattina del Santo Natale – scrive un altro – mia madre mi ha fatto trovare l'acqua calda per lavarmi tutto». La giornata di festa non gli ha portato nient'altro di così bello. Dopo che si è lavato asciugato e vestito, è uscito con suo padre «per fare la spesa». Poi ha mangiato il riso col brodo e il cappone. «E così ho passato il Santo Natale».

FINITO DI STAMPARE NEL GIUGNO 1991 IN AZZATE
DAL CONSORZIO ARTIGIANO « L.V.G. »

Printed in Italy

FABULA

VOLUMI PUBBLICATI:

1. Milan Kundera, *L'insostenibile leggerezza dell'essere* (20ª ediz.)
2. Ingeborg Bachmann, *Il trentesimo anno* (6ª ediz.)
3. Guido Morselli, *Dissipatio H.G.* (7ª ediz.)
4. Thomas Bernhard, *Il soccombente* (5ª ediz.)
5. Bruce Chatwin, *Sulla collina nera* (3ª ediz.)
6. Milan Kundera, *Lo scherzo* (10ª ediz.)
7. Aldo Busi, *Seminario sulla gioventù* (4ª ediz.)
8. Ingeborg Bachmann, *Tre sentieri per il lago* (5ª ediz.)
9. Anna Maria Ortese, *L'Iguana* (3ª ediz.)
10. Danilo Kiš, *Giardino, cenere*
11. Guido Morselli, *Roma senza papa* (6ª ediz.)
12. Leonardo Sciascia, *1912 + 1* (5ª ediz.)
13. Ingeborg Bachmann, *Malina* (4ª ediz.)
14. Milan Kundera, *La vita è altrove* (7ª ediz.)
15. Guido Morselli, *Contro-passato prossimo* (3ª ediz.)
16. Clarice Lispector, *Vicino al cuore selvaggio* (2ª ediz.)
17. Vasilij Grossman, *Tutto scorre...* Vita e Destino
18. Leonardo Sciascia, *Porte aperte* (6ª ediz.)
19. Anna Maria Ortese, *In sonno e in veglia*
20. Giampaolo Rugarli, *La troga* (2ª ediz.)
21. Thomas Bernhard, *Perturbamento* (3ª ediz.)
22. Danilo Kiš, *Enciclopedia dei morti*
23. Robert M. Pirsig, *Lo Zen e l'arte della manutenzione della motocicletta* (10ª ediz.)
24. Leonardo Sciascia, *A ciascuno il suo* (6ª ediz.)
25. Milan Kundera, *Amori ridicoli* (4ª ediz.)
26. Ingeborg Bachmann, *Il caso Franza*
27. Andrzej Szczypiorski, *La bella signora Seidenman*
28. Leonardo Sciascia, *Il cavaliere e la morte* (2ª ediz.)
29. Thomas Bernhard, *Il respiro*
30. Milan Kundera, *Il valzer degli addii* (3ª ediz.)
31. Ruve Masada, *Il principio della piramide*
32. Leonardo Sciascia, *Il Consiglio d'Egitto* (3ª ediz.)
33. Fleur Jaeggy, *I beati anni del castigo* (6ª ediz.)
34. J. Rodolfo Wilcock, *Lo stereoscopio dei solitari* (2ª ediz.)
35. Bruce Chatwin, *Utz* (3ª ediz.)
36. Guido Morselli, *Divertimento 1889* (5ª ediz.)

37. Thomas Bernhard, *Il nipote di Wittgenstein*
38. Giuseppe Pontiggia, *L'arte della fuga* (2ª ediz.)
39. Leonardo Sciascia, *Candido* ovvero *Un sogno fatto in Sicilia* (2ª ediz.)
40. Milan Kundera, *L'immortalità*
41. Giorgio Manganelli, *Encomio del tiranno*
42. Enzo Muzii, *Punto di non ritorno*
43. Danilo Kiš, *Clessidra*
44. J. Rodolfo Wilcock, *La sinagoga degli iconoclasti* (2ª ediz.)
45. Thomas Bernhard, *A colpi d'ascia*
46. Bruce Chatwin, *Il viceré di Ouidah* (2ª ediz.)
47. David Garnett, *Aspetti dell'amore*
48. Franz Werfel, *Una scrittura femminile azzurro pallido*
49. Giorgio Manganelli, *La palude definitiva*
50. David Vogel, *Vita coniugale*
51. Milan Kundera, *Il libro del riso e dell'oblio*